園田靖彦　俳文集

島に生きる　季語と暮らす

七月堂

表紙写真　壱岐の島の『猿岩』周辺

もくじ

もくじ

春一番　2017年1月　8
寒鰤　2017年2月　10
猫　2017年3月　12
凧　2017年4月　14
新茶　2017年5月　16
田植　2017年6月　18
夏休み　2017年7月　20
墓参　2017年8月　22
野分　2017年9月　24
新米　2017年10月　26
鯨　2017年11月　28
餅搗　2017年12月　30

正月　2018年1月　32
寒玉子　2018年2月　34
雲丹　2018年3月　36
運動会　2018年4月　38
夏相撲　2018年5月　40
枇杷　2018年6月　42
牛冷す　2018年7月　44
盆用意　2018年8月　46
甘藷　2018年9月　48
目白　2018年10月　50
椎の実　2018年11月　52
雪の島　2018年12月　54

初写真　2019年1月　56
スケート　2019年2月　58

春の別れ　２０１９年３月　60
花むしろ　２０１９年４月　62
春愁　２０１９年５月　64
毒流し　２０１９年６月　66
跣足　２０１９年７月　68
盆綱曳き　２０１９年８月　70
鰯　２０１９年９月　72
稲架　２０１９年10月　74
外套　２０１９年11月　76
榾　２０１９年12月　78

年玉　２０２０年１月　80
鞦　２０２０年２月　82
春耕　２０２０年３月　84
入学　２０２０年４月　86
母の日　２０２０年５月　88
蛇　２０２０年６月　90
水着　２０２０年７月　92
新豆腐　２０２０年８月　94
煙草干す　２０２０年９月　96
砧　２０２０年10月　98
立冬　２０２０年11月　100
古日記　２０２０年12月　102

壱岐の島について　6
あとがき　104
初出一覧　106
著者略歴　107

※各タイトルはその月の季語である

壱岐の島について（長崎県壱岐市）

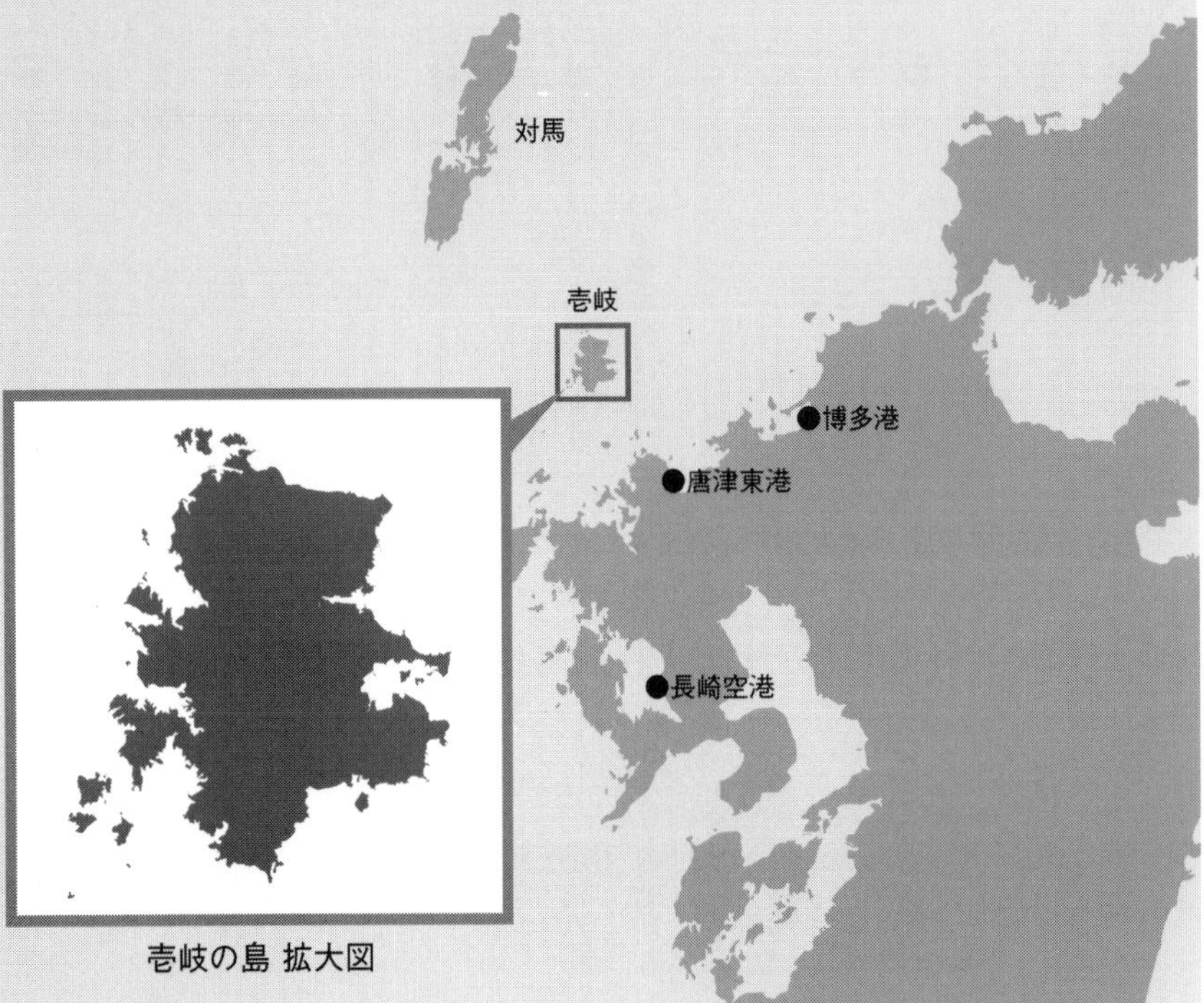

■壱岐市データ（2019年度）

・　面　　積　：135キロ平方メートル（浜名湖の約二倍強）
・教育施設：県立高校2校、中学4校、小学18校
・現総人口：26,099人（前年度比454人減）過去最大時51,765人（昭和30年代）
・うち65歳以上の人口：男女計9,770人　壱岐人口比37・4%（全国比27・8%）
・総世帯数：11,683世帯
・年間観光客数：390,568人

■アクセス

・博多港から高速船で約1時間10分、カーフェリーで約2時間30分
・唐津東港からカーフェリーで約1時間45分
・長崎空港から壱岐空港まで約30分

園田靖彦　俳文集

島に生きる　季語と暮らす

春一番

2017年1月

私が両親のふるさと、玄界灘に浮かぶ島、壱岐（現長崎県壱岐市）の地を初めて踏んだのは、一九四七（昭和二二）年二月十五日、小雪の舞う日であった。当時、私は四歳、背中のリュックサックには兄の遺骨が入っていた。母は二歳の病弱な弟を背負い、手には必要最小の荷物を持っていた。父は捕虜にとられて音信不通。文字通り命からがら中国東北部・大連からの母子三人の帰郷、引き揚げであった。父は幸いその九か月後に無事帰国するが、弟はその一週間前に病死していた。

私は高校までこの島で過ごした。以後、こんにちまで関東暮らしとなったが、後年、俳句を始めてみると、やや大袈裟だが、壱岐では季語の只中に暮らし、季語を身をもって体験しながら育ってきたのだと気づいた。私にとって俳句を詠むことは、とりもなおさず壱岐での少年時代を呼び起こすことであった。

当時の子どもたちは、一家にとって重要な働き手であった。学校から帰ると、手伝いや仕事が山ほど待っていた。例えば炊事場にある大きな水瓶、半斗瓶《はんどかめ》に水を満たさなければならない。三十米離れた釣瓶井戸から水を汲み桶に入れ、天秤で運ぶ。風呂を沸かすとなると更に三架以上の水が要る。また裏山に行って枯木を拾ってくる。ランプの火屋《ほや》を磨く。石油が切れていれば徒歩で片道二キロの店まで買いに行く等々。

猫の手も借りたいほど忙しい、田植え、稲刈り時期になると、小学校、中学校は全校休みの「農繁休暇」となった。勉強する子よりも手伝い、仕事をする子の方がよい子だった。

さて、俳句を始めて、壱岐には誇るべきことが二つあることを知った。一つは、芭蕉の高弟・河合曾良（一六四九～一七一〇）の終焉の地であること。幕府の巡見使随員として佐賀・唐津領呼子から壱岐へ、更に対馬へと渡る途中、壱岐の北部、勝本で客死。享年六二。記念句碑には、その年の歳旦吟「春にわれ乞食やめても筑紫かな　曾良」と記されている。やはり師・芭蕉の晩年の西国行脚の夢が後押しをしたようだ。

二つ目は、季語「春一番」の発祥の地であることだ。歳時記には、「壱岐地方の漁師言葉」とあり、その本意として「立春後、初めて吹く強い南風」「春をよぶ風」とある。だが地元の者としては、その本意にずれがあるように思う。特にあのキャンディーズなる三人娘が「春一番」を歌ってからは、その感が強まった。私の理解する「春一番」は「長年漁師をしている経験者が予見出来ず一網打尽遭難するほどの突風」である。その本意のかすかなずれに、私は密かに悩んでいる。

春一番なんのそのぞと越えゆかん　靖彦

寒鰤

２０１７年２月

結婚をして四十二年目を迎える。この間、私たちは暮れには必ず郷里、玄界灘の壱岐で獲れた寒鰤を一本贈ってもらってきた。十五年前に母を亡くしたが、その後は今年九十五歳になる叔父にずっと贈ってもらっている。

壱岐人ならば、正月に鰤を食べないなんてありえない。この聖なる壱岐の鰤を年頭から食べて邪気を払い、一年を無事乗り切って欲しい。鰤を食べずに正月を過ごさせるなど、ご先祖様に申し訳がないという訳だ。

私の小学生時代である一九四五（昭和二十）年後半、壱岐では農家でも小舟を所有していた。それには二つの重要な意味があった。

一つは春になると、海底に藻が繁茂する。その藻を刈り取って、舟がもう少しで沈むくらいまで積んで帰港する。強烈な潮の香りにまみれて、ぐっしょり重い藻を、一家で陸揚げして、港の広場で干す。その干し上がった藻を畑に持って行き、土のなかに鋤き込む。まだ化学肥料のなかった時代の貴重な有機肥料だった。

二つ目は、鰤釣りのためだ。壱岐の冠婚葬祭では、鰤がなくては始まらない。男たちは前日、舟で鰤釣りに行く。そして間違いなく一～二匹は釣りあげて帰ってくると、たちまちのうちに料理する。この鰤を釣り上げてきて料理するまでが、男たちの役割だ。いまでも我が家では、壱岐の男として鰤の料理は私がする。

料理といっても、ほとんどが刺身である。壱岐では徹頭徹尾、鰤は刺身で食べる。妻は金沢生まれ、金沢育ちで、やはり鰤の本場の出身であるが、新婚のころ私が鰤を捌いていると、照焼用に切って頂戴と言われた。そんな小洒落た食べ方がこの世にあるのかと思ったくらい、私には鰤即ち刺身というイメージがしみこんでいる。

壱岐ではなにかというと鰤が出る。客に鰤の刺身をたらふく食べて貰うのが歓待の手始めだ。私が帰郷すると、もちろん鰤の刺身の大盛りである。親戚連は私がうまそうに食べるさまをじっと見ている。そして最初にどんな言葉が飛び出すかと固唾を呑んで待ちうけている。「やはり壱岐の鰤は一番うまかばい！」と私が言うと、みんな一気に相好を崩す。

日本は、正月に鰤を食する地方と鮭を食べる地方に大別される。いわゆる鰤文化圏と鮭文化圏である。私も妻も幸い鰤文化圏のなかで育ってきた。今年も私たちは、壱岐の鰤を食べて息災に正月を迎えることが出来た。

寒鰤の躍り疲れを待つ包丁　　靖彦

猫

2017年3月

　旅先で、あるいはたまたま訪れた街の広場で、私は猫に身を擦り寄られたことが何度かある。もちろん、この予期せぬ出来事自体が驚きなのであるが、実はもう一つ心の底で驚いていることがある。それはこの猫たちが、私が猫好きであることを察知して擦り寄ってきたと思われることだ。私は郷里、壱岐の島を離れて五十年、猫好きを断って生きてきた。その間一度も猫好きを公言したことはないし、そのそぶりすら見せたことはない。

　私の小学生時代である一九四五（昭和二十）年代後半、農家でさえ貧しくて三食十分に食えなかった。そんな中で猫は勝手に一度に三～四匹の子どもを産む。大概の家は、とてもそんなに多くは飼えないから、子猫を目隠しの意味もあって布袋に入れて遠くに捨てに行く。ところが二～三日もすると、ものの見事に帰って来る。そこで飼い主は近くに猫好きの家はないかと考える。その格好な家が我が家だった。祖母、母、壱岐で生まれた妹、みんな猫が好きだ。玄関には丁度猫一匹が通ることが出来る穴が空いている。我が家には五～六匹ぐらいの猫いたが、三度の飯時になると、このほかに寅さんみたいな風来坊、まるで凶状持ちの陰気な猫、わが飼い鶏をいつも狙ってっている泥棒猫などなど、ざっと二十匹くらいが現れる。その猫連にも我が家の女性たちは、分け隔てなく惜しげもなく、大きな皿にたっぷりの食事を与える。それぞれの猫は互いを威嚇しつつ食べる。そして食べ終わると、ビジターたちはいっせいに姿を消す。猫にとっては我が家は〝解放区〟であったろう。

私がめったにしない勉強をしていると、当然というように私の膝の上に一匹が乗ってくる。またお茶目な奴は私の背中から駈け上がり、両肩の上を行ったり来たりする。あまつさえ頭の上へ登ろうとする。また私が学校から帰ってくると玄関前に五〜六匹が整列して出迎えてくれる。なかには急にペコと横たわり腹を撫でてくれと催促するのもいる。

猫は青年期なると、一度は家出をする。恋の相手と駆け落ちをするのだろうか。大半は恋に覚めて帰ってくるが、なかには永遠に帰ってこない猫もいる。そんな猫に思わぬのところで出くわすことがある。「タマじゃないか」と私が話しかけると、しまったという顔をする。私の愛撫は邪険に躱す。「早く帰って来いよ！」と私が言うと、小言は御免というように姿を消す。

私はついに猫好きを告白してしまった。きっと又どこかの街角で見知らぬ猫に、今度は堂々と擦り寄られることだろう。

喉の奥声にならざる仔猫かな　　靖彦

凧《はた》

2017年4月

いま芭蕉の高弟・河合曾良終焉の地である壱岐の島を訪ねるのであれば、福岡県博多港から水中翼船に乗ると一時間十分で着く。この島は幕末まで平戸藩松浦家が支配していた。島には、いわば平戸藩壱岐出張所があり、それぞれの行政職があった。我が家は代々馬廻り役、警察庁長官の役を勤めてきた。

明治の御一新となり、私の曾祖父は長崎市に呼び出され、巡査となった。ところが明治三年、いまでは理由も些細な場所も不明であるが、東京で殉職する。その後、祖父も長崎にのぼり、同じ警察の道に進む。祖父は順調に昇進し、定年間際の大正末期には長崎水上署長にまで達する。当時、長崎は横須賀、舞鶴と並び三大軍港であった。父ら子ども五人は長崎市生れであるが、祖父が定年で大正末期、郷里・壱岐に戻ったとき、長男の父は尋常小学校六年生であった。父の誕生順は四番目であった。

長崎は凧《はた》で有名だ。父が子ども時代を過ごした長崎で、凧の洗礼を間違いなく受けたのだと知ったのは、私が初めて父から凧を作ってもらい、その揚げ方を教わった小学生のときである。父の手繰りにかかると、右に走ったと思った凧が忽然と左に向きを変える。また天にあった凧が、唐突に地へ向けて落下すると思えば、地上すれすれのところで再び天へ駈け上がる。まさに自由自在だ。私はたちまちのうちに凧の作り方と手繰り方をマスターし、その辺の少年の中では一番の凧名人となった。

壱岐には大人の揚げる「鬼凧《おんだこ》」がある。一本の青竹を芯棒とした通常畳三〜四枚のサイズで、なかには十畳のものもある。背には唸りを背負い、風を受けるとブオンブオンと唸る。日本の島々には、桃太郎伝説のように、鬼ヶ島・鬼退治伝説がある。壱岐の島にも昔鬼が棲んでおり、その鬼退治に百合若《ゆりわか》大将が向かったという。凧には彼の七重の兜に、赤鬼が噛みついた勇壮な絵図が極彩色で描かれている。

鬼凧は大人四〜五人かかりで揚げる。子どもが揚げる小さな無数の凧のなかで、唸りつづける大きな鬼凧の存在感は絶大だ。この凧は、季節が過ぎると、節分の「鬼は外」よろしく、各家の大広間の天井板に釣り下げられ、魔除けとなる。

長崎人は凧揚げが好きだ。凧を愛すビードロ会、関東長崎県人会などでは、毎年黄金週間の一日、東京・多摩川の河川敷で凧揚げ大会を催す。ざっと二千六百人が集まる。ある年は無風であった。どのブースからも凧は揚がらなかったが、わがブースからのみ一枚の凧があがった。その揚げ手は私であった。

暴れ凧一本松につながる　　靖彦

新茶

2017年5月

五月の黄金週間が真近かになると、私はいつも「さあ、お茶を作るぞ」と意気込む。実際には、もう五十年以上もお茶作りをしていないのに、何故であろうか。

私の子ども時代の一九四五（昭和二十）年代後半、壱岐の実家には母屋と隠居棟の二棟があり、その縁先にはお茶の木がおよそ四十メートルに渡って植えられていた。連休前にはなぜかよく雨が降ったが、その雨をついて祖母、父母、妹、私の一家五人で新芽を摘む。これを大黒様が担ぐような大きな布袋三～四袋に詰め、それと薪、笊《ざる》、壺などの一式をリヤカーに乗せ近所の寺に運ぶ。新茶を作る日は、大概五月三日だった。

寺には鉄の大釜が三十度くらいに傾けて設えてある。竈に薪を盛大にくべながら大釜に新芽を入れ、最初は揉みながら乾燥させる。釜が三十度に傾いているので、総じて両手で掻き上げるのがこつである。これを幼い妹をのぞいた四人交代でやるのだが、四巡目くらいになると茶葉は棒状に巻きつき針のように細くなる。五巡目になると、やっと白い粉を噴き、その加減で終了となる。新茶作りはたっぷり半日を要した。

新茶は、近所の御世話になっている家や親戚などに配られた。当時、お茶を作っていたのは我が家のほかには殆どなかったので、たいへん重宝がられた。新茶を待ち望んでいた叔母などは、受け取ると急須に入れるのではなく、すぐさま自分の口に放り込んで新茶の葉をぼりぼりと食べていた。

新茶作りには後日談がある。新茶作りが終わると、いよいよ忙しい田植えの時期を迎える。私も重要な働き手として田植えに加わるが、ここで摩訶不思議なことが起こるのだ。田水に浸した十本の指の爪が、なんと鮮やかな紫に変色するのである。結論を先に言うと、先に茶を採んだときに爪に付着したお茶の成分（タンニン？）と田の水とが化学反応を起こして、紫の色を生み出すである。新茶作りはもう一か月も前のことである。それなのに、その後三か月は、風呂に入ろうが石鹸で洗おうが頑固に落ちない。

ちょうど異性に目覚めるころの男の子の爪が紫に染まり三か月以上も消えない。もちろん恥かしいがどうしようもない。いまの都会の子ならばいじめの対象になるだろうが、当時はそんな雰囲気は微塵もなかった。当時の子どもはそれぞれの家で立派な働き手であったので、今の言葉で言えば、互いにリスペクトしていたのだと思う。今年も私の十指の爪は真っ白のままだ。

高う低う傾ぐる急須新茶汲む　　靖彦

田植

2017年6月

六月に入ると、いよいよ一年で最も忙しい田植えの時期を迎える。この時期をみんな「猫の手も借りたいほど忙しい」と言っていた。以前書いたように、小学校、中学校は全校「農繁休暇」に入る。子どもも田植えを手伝うためである。

田植え当日は、親戚全員、土地の言葉で「家《け》ねえやっさ」一族郎党が集まる。そして、例えば本日我が家の田植えが済むと、明日は母の実家の田植えにそれぞれの親戚全員が集まる。更に翌日は、我が家から嫁いだ叔母の家に田植えに行く。こうして農繁休暇の三～四日の間に親戚全部の田植えが済む。意外に思うだろうが、壱岐は長崎県内で二番目に広い作付け面積の田原《たばる》をもつ。また島全体が台地ゆえに広大な田が続くが、「農繁休暇」の短い間に島内の田植えはほぼ完了し、一面が植田に変貌する。

あれから五十年、なぜあの当時猫の手も借りたいほど忙しかったのかと今にして思う。そして弥生時代から蓄積した百姓の知恵に思いあたる。私の子ども時代まで動力は牛のみで、あとは人力しかなかった。そこで先祖たちは、田植え期間を意図的に短く設定する策に出た。いわばテンションを極度に高めて一族郎党結束し、一気に田植えを完遂するためである。この手を使えば秋の稲刈りも短期間に一挙に出来る。猫の手も借りたいほどの忙しさは、先祖からの叡智だったのだ。

田植えの前日、女たちは加勢に来る一族のために、徹夜同然で馳走作りに励む。いわゆる早苗饗《さなぶり》のためである。そのとき必ず作るのが田植え団子《だご》だ。小麦粉を膨らした団子には小豆の餡がたっぷり入っていて、今の言葉で言えばスイーツであろうか。みんな朝早くから働いているので、小腹が減っている。そこで午前十時には〝お茶〟といって馳走を食す。昼には、植え終わった植田のそよぎを眺めながら、田圃の畦や広場で馳走をいただく。もちろん馳走はまず最初に田の神様に捧げ、人間どもはその相伴にあずかるのだ。

私の本格的な田植えデビューは、小学校高学年だった。赤い印が等間隔についている紐の前に植え手が一列に並ぶ。紐が新たに張られると大人たちはいっせいに機関銃を発射する早さで一時に十か所以上植えるのだが、私は精々三か所くらいであった。早く植えるのにはこつがある。左手に持った苗束の親指を細かく動かし苗四、五本を繰り上げる。その苗を右手で運び赤印に植える。植え終わると紐は一段手前に張られ、植え手は一段下がる。田の深さは膝まで、ときには大人の腰が埋まる深田もあった。雨が降っても挙行され、蛭に食われながら懸命の田植えだった。余り苗は持ち帰り神棚に捧げた。

力ある種となれよと浸しけり　靖彦

夏休み

2017年7月

郷里には壱岐八浦とよばれる町がある。浦とは海が湾曲して陸地に幾重にも鋭く切り込んだ入り江、良港のことであるが、郷里では漁業、商業の中心の町をこう呼んでいる。いわば壱岐の繁華街である。私の子ども時代には、毎日のように、あるいは定期的に市が立っていた。

壱岐には八浦のほかにも良い入り江がたくさんある。私の実家のある島の西南部、半城《はんせい》湾の奥の奥、御津浜《みつはま》もそのひとつだ。この浜は海に面した三方が急勾配にせりあがっているので、浜から実家を眺めると急勾配の崖の上に聳え立つように見える。逆に実家から海を眺めると、足元から急勾配に落ちた谷底に海面が見える。夏、耳を澄ますと、子どもたちが海辺で泳いでいる歓声や水の音がかすかに聞こえ、その姿は粟粒ほどに小さく見える。

私は壱岐で高校までを過ごすが、高校に入ったのち、いわゆる思春期になってから、この世には寝付かれない夜、眠れない夜があることを知る。その夜は風が強かった。真っ暗の床のなかで眠れないでいると、突然のようにドドドドピッシャーンという潮騒の音が谷底から聞えてきた。これは私にとって驚くべき大発見であり、それからは毎晩のように潮騒に聞き耳をたてた。そして、潮騒はその夜の風に応じるように届いた。ある夜は、まったく無風であった。今夜はきっと潮騒は聞こえないだろうと床についたところ、和紙の上の埃を刷毛でやさしく祓っているような音が聞こえた。なぜ無風なのに潮騒が聞こえたのか。御津浜は地形的に天に向かって放射状に広がったスピーカーのような形態をしている。谷底の小さな潮騒がスピーカーの音源となり、増幅されてわが耳に届いたのであろう。

長じて上京してより、これまでに百回前後帰郷しているが、帰郷したときの私の密かな楽しみは、墓参りや親戚回りをして一日を終え、実家の床につき、今夜はどんな潮騒が聞こえてくるだろうかと耳を澄ますときである。初めて聞いたあの日のように間違いなく聞こえてくる潮騒の音を確かめ味わい、私は眠りに落ちる。実は、この御津浜の潮騒の音については、亡き父母や島内に嫁し、今も我が家を護ってくれている妹にさえ話したことがない、今度打ち明けてみようと思うが、みんなの周知の事実なのか、私一人が気づいていることなのか、そのときが楽しみだ。最近、私は自分の郷愁の源がはっきりしてきた。それは、この世で一番妙なる御津浜の潮騒の音と、それを聞きながらつく甘露の眠りにあることを……。

ふるさとの山河は青し洗鯉　靖彦

墓参

2017年8月

以前、私は郷里の新聞『ふれ太鼓壱岐』一九九一（平成三）年十一月二八日号に興味深い記事を見つけた。そこには「壱岐島内平戸藩平戸藩諸士禄高（一五石まで。壱岐郷土館調べ）」という表があった。幕末まで壱岐は平戸藩松浦家が治めていたが、一覧はいわば壱岐を治めていた平戸藩壱岐支部幹部の給与表と言えた。その表によると、当時最高の受給者は、「八十石　柳田村　横田七郎左エ門」で、順次下段に目をやると「二一石　諸吉《もろよし》村　宇都宮圓左衛門」があり、「二十石　長嶺《ながみね》村　園田住右衛門」が続いた。宇都宮家は祖母の実家で、勘定方をしていたらしい。園田住右衛門がどうやらわが先祖のようで、代々馬廻り役、警察庁長官役をしていたと聞いていた。私はその後帰郷して住右衛門の墓と対面するが、彼は明治維新に先立つ十五年前、ペリーが浦賀に来た一八五三（嘉永六）年に死亡していた。私はしばらく往事の感慨にふけっていたが、ある事実に気づき愕然とした。

以前祖母から、我が家はある時から仏教から神道へ宗旨を替えた。その理由は不明であると聞いていた。我が家の一番古い墓は一七〇二（元禄十五）年で、以後営々と約五十基の墓が並んでいるが、この内約四十基の墓碑は、戒名が刻まれ、西向き、所謂西方浄土を望む仏教徒の墓であった。一方墓地の奥、住右衛門を先頭にみな南側を向いて一列に並ぶ約十基の碑は全部本名がそのまま刻まれ、所謂神道の墓であった。住右衛門は我が家が神道へ改宗した最初の人として死亡していたのだ。その後、私は母や叔父叔母従兄弟の情報を基に家系図を作ってみて、更に驚いた。明治維新に直面した住右衛門の子ども、孫の世代（私の五代、四代前）の女性たちの幾人かは、島内の名だたる宮司の家に嫁いでいたのである。

明治新政府は、それまでの仏教中心の政治から、神道へギア・チェンジをし、天皇を中心とした政治へと大改革を断行したことは周知の通りである。そのため多くの僧侶が路頭に迷い、古刹、名刹は破壊され、仏像、仏具、絵画などが大量に海外に流失する。壱岐を治めていた平戸藩は、倒幕側、新政府側であった。明治維新に突入する前から、政権奪取後は、神道中心の政治を展開するという機運が倒幕側にあったのではなかろうか。住右衛門は来るべき将来を見越し、明治維新の十五年以上前に、自ら神道に改宗し、更に娘たちを神司の家に嫁がせたのではなかろうか。幕末、玄海の孤島、壱岐において吹き荒れた神道という大嵐。当時の日本列島全土にも猛威をふるったであろうと想わざるを得ない。

一門の一人となりて墓参かな　靖彦

野分

2017年9月

私は「かつてわれ台風銀座を住処とす」という句を作ったことがある。私が小学生時代の一九四五（昭和二十）年後半、台風は今のように赤道付近で誕生し、洋上を放浪し、やがて北上するが、最後は判で押したように壱岐上空に押し寄せた。そこで壱岐上空は〝台風銀座〟と呼ばれ、事実よく襲来した。

翌朝起きてみると屋根瓦が一枚もなかったり、大人三人が両手をつないで輪を作ったサイズの樹木が幹の途中からポキと折れるなどはざらで、その爪痕は残酷だった。

特に稲穂は大変だった。ようやく穂が垂れ始めたころ、地面に吹き倒され、地を這うように散乱する。これを一旦起こすようにして刈るのは通常の四〜五倍の労力を要した。

壱岐の家は背中に山を背負うように建っている。（地元では「背戸山をからう」と言う）。即ち小山や丘を背中に南面を向いて建ち、南面は防風林が立っているので、一見、家の姿は外からは見えない。台風対策の知恵である。私が小学三年生の時の台風で飛ばされた藁葺きの大きな屋根屋は、江戸時代に建てたであろうという年代物で、大人たちによると、屋根は強風の衝撃を揺れて吸収する珍しい建築構造であったらしいが、その家さえも吹き飛ばされた。また壱岐は日本の歴史の命運を変えた二度の元寇に襲われているが、このとき吹いた大風が「神風」と呼ばれ、苦しいときの神頼みの本尊となるが、気象学的には彼らは台風時に襲来している。

また私は後年黒澤明監督の映画『姿三四郎』を観ることになるが、その最終のシーンで主人公三四郎が宿敵の檜垣源之助と芒が原で決闘をする。ローアングルでとらえた空には、不気味な暗雲と芒を飛ばすほどの強風が次々に押し寄せ、これぞ台風上陸直前の雰囲気と思わせる。あのシーンを観ていて、私は台風独特のなま暖かい、湿気て、甘い空気感を覚えた。

私は郷里の壱岐を離れて五十年余たつ。上京以来毎朝郷里の天気予報・天気図を確認することを習慣としている。特に台風シーズンともなれば綿密にチェックする。十五年前母を亡くし、今は実家は無人となっているので尚更だ。

ところが幸いというか、このところわが銀座には屋根瓦を全部吹き飛ばすような大きな台風は押し寄せていない。地球温暖化のためか、地球の気象が一変したようだ。今や台風はコントロールの悪い投手のように見事壱岐の島直撃を外してくれている。とはいえ、名にしおう〝台風銀座〟である。毎年、わが銀座を直撃しそうな台風が五つ以上はあり、私は台風シーズンともなると、はらはらどきどきのし通しである。

ふるさとを飲み込みさうな野分かな　靖彦

新米

2017年10月

私が高校に入学したのは正田美智子さんが皇太子妃に決定した、いわゆるミッチー・ブームが沸き起こった一九五八（昭和三三）年であった。その年の四月、社会科担当の松永安道、通称アンドウ先生は出席をとられた。先生は戦前の旧制中学から教鞭をとられ、島内では博識として知られ、みんなから尊敬を受けておられた。

生徒の名前を読み上げ、声の主を確認すると、「君にはお兄さんがいるだろう」「あなたは××中学の出身だろう」などと他愛いのない言葉を掛けられていた。やがて私の番が来た。大きな声で返事をすると、ギロと一瞬私の顔をみつめた先生は突如「君は園田という名字の由来を知っているかい。尻尾の〝尾《お》〟と、籠と書き〝籠《ろう》〟と読む——尾籠《びろう》と関係があるのだ」とおっしゃった。勿論私にそんな知識のあろうはずもなく、すっかり狼狽えて「知りません」と答えるのが精一杯であった。

先生は要旨次のようにおっしゃった。昔、天皇や貴人が地方を行幸されたときに地元で食事を差し上げた。その米を作る田圃を園田と言った。またその田を耕すには牛馬を使ったが、彼らは所かまわず排出物を出す。畏れ多くも天皇や貴人の方々に彼らの排出物で育てた米を食べていただくことは出来ない。そこで彼らの尾のところに籠を備え付け、排出物が垂れるのを防いだ。これが尾籠であり、園田の由来とつながる。

高校を卒業以来半世紀、国立国会図書館、大学図書館、市図書館……、私は幾度もアンドウ説を調べたが、残念ながらどこにもこの記述は見出せなかった。先生は既に鬼籍に入っておられ確かめようもない。私はあれは先生のフェイク（偽情報）ではなかったかと何度か疑い、また打ち消した。そして最近はたとえフェイクであったとしても、この説は学術的にもおもしろいので、密かに信じることにしようと思うに至っていた。

先祖のおかげで郷里には田畑山林が比較的多くある。不在地主として私は何人かの方に、いっさいの報酬を要求しないで耕してもらっている。その中で元校長先生のみが、毎年わが田から穫れた新米十キロを送ってくださっている。

昨年、新米の中に封書があった。わが田が「献穀田」に指定され、御田植祭、抜穂祭など古式豊かな催しがあり、収穫した新米は明治神宮、靖国神社、伊勢神宮、長崎諏訪神社、長崎護国神社、そして壱岐の主要四十神社に奉納されたとのこと。こんな栄誉なことは二百年に一度あるかないかの、ありがたいことであると書かれていた。私はアンドウ説を疑ったことを恥じた。そしてわが献穀田で穫れた新米を早速先祖の霊前に供え、その旨を報告をしたのであった。

神饌の誉れ如何にせん今年米　　靖彦

鯨

2017年11月

江戸末期、日本近海には鯨が大量に出没していたことをご存じだろうか。一八五三（嘉永六）年、ペリーが開国を求めて浦賀に上陸するが、ペリーの開国の第一の要求は、日本の近海までも出漁していた自国捕鯨船団への燃料、水、食料の補給であった。かれらは石油以前の灯油である鯨油をもとめて、はるばる日本近海まで殺到していた。いわばアメリカの捕鯨業が日本の開国をうながしたと言えるだろう。

当時、日本は鎖国中で遠洋捕鯨の技術は発達していなかったが、九州では捕鯨が盛んであったようだ。その痕跡や話が今でもあちこちにある。壱岐を治めていた平戸藩松浦家は藩営の捕鯨船団、鯨解体工場を持っていたようだ。一七一〇（宝永七）年、芭蕉の高弟・河合曾良が幕府の巡見使随員として来島するが、彼が客死した先も、当時壱岐一の捕鯨業の網元の家であった。

戦後、私たちは中国・大連から両親の郷里である壱岐に引き揚げてきたが、農家といえど食料は逼迫していた。野菜、穀物はなんとか摂ることは出来たが、肉類は鶏と鯨に限られた。特に鯨には御世話になった。背肉や腹肉の赤肉は今でいうステーキに代用、白肉、即ち脂肪部位は、細かく賽の目に切り、細葱を刻み味噌汁に入れた。冬の朝、脂は味噌汁の表面に浮かびあがる。啜るとほんのり鯨の匂いがして美味い。

私の好物に通称「さらし鯨」がある。鯨の尾ひれの黒い皮に白い脂肪層をつけた部分を約二ミリの薄切りにし熱湯で湯がき、醤油、酢みそで食べる。この約二ミリ幅のスライスは歯が丈夫でなければ、容易には噛み切れない。ちょっと格闘するがその格闘具合がよい。この「さらし鯨」は今でも壱岐の祝い膳に鰤の刺身とともに当時のままに出される。長じて私は壱岐を出て、「さらし鯨」をあちこちで食べることになるが、どれも壱岐の味とは一段味が落ちた。根本的な違いはスライスの厚みにある。壱岐以外の地ではほとんど一ミリ前後だ。熱湯をかけると、しわくちゃの鼻紙のように縮み、しかも熱湯が付着し、やがて水になり、食べるときに水っぽい。

これに対し壱岐の「さらし鯨」は厚みが二ミリ。熱湯をかけると一度ぶるんと身じろぎ、更に注ぐと再びふるえ、最後は熱湯をはじき飛ばしてしまい、食べるときに水っぽさがない。この二ミリのスライス幅は壱岐独特のようで、幼い時のままの味を保っている。私にとって壱岐の「さらし鯨」は、戦後の貧しい時を支えてくれた、恩義にあずかる脂身であり、母の味でもある。帰郷すると鰤の刺身とともに必ず賞味する。

躍り出て鯨は月を呑まんとす　靖彦

餅搗

2017年12月

ふるさとを離れて五十年――。今つくづく思うことは親戚づき合いがすっかりなくなってしまったことだ。私の子ども時代は動力と言えば牛のみ、あとは全部人力によった。そこで田植え、稲刈りを始め大事な農作業はほとんどが一族郎党が寄り集まって行ってきた。一族の結束が不可欠であったのだ。正月、盆、花見、お祭り……労働以外も何かと親戚が集まった。父方母方両方の祖父祖母、叔父叔母、従兄弟などが集まれば、すぐに二十人は越した。泊まりに行ったり来たり、今から思えば濃密なつき合いだった。

この濃密な親戚づき合いを断ったのが、皮肉なことに農村社会への機械化だったと思う。それまでの人間が地べたに張り付くような農作業が、機械化され、人力が余ってきたのだ。それと呼応するように都会は工業化し、地方の若年労働力を必要とするようになった。また進学熱も、結果として若者がふるさとを離れる契機を作ったように思われる。

さて、親戚づき合いの濃密なころの基本に餅搗があった。子どもの誕生、進学、結婚、作事、その他祝い事があると餅を搗き、親戚や近所に配り、みんなで祝った。

暮れの餅搗は搗く量も特別で男の晴れ舞台だった。彼らは今で言う「マイ杵」を二～三本持っており、それを担いで行き来した。臼が石製、木製かによって、杵も組み合わせが変わる。ちなみに我が家は木製、母の実家は石製であった。まず大釜に湯を沸かし、蒸気が漏れないように釜の上部の淵に藁製の甑《こしき》を敷き、その上に蒸籠《せいろう》を三～五段重ね、昨日洗った真っ白な餅米を入れて蒸す。やがて蒸籠は蒸気機関車のように白い湯気を噴き出す。頃合いを見て大人は蒸籠から蒸した餅米を片手で取り出してほおばる。子どもたちはこの蒸し上がった餅米が好きで、せがんだ。

　搗きかた始めのサインが出ると蒸籠の餅米は臼に運ばれ、男達三人は勇んで杵をふるう。出遅れた男達は次の番を待つ。三人がしばらく搗くと二人が退き、搗き手は一人となる。ここで「ケイザシ」と呼ばれる嫁が登場、彼女は餅の飛沫が髪に飛ばないように姉さんかぶりをし、搗いた餅に湯水を適度に加えながら、裏返す。搗き上がった餅は、揉み手の待つ広間に運ばれる。その餅を千切ったり、指示をするのは祖母だ。まず神様、先祖、机、その他に捧げる餅を、順次千切り、大人達が揉む。やがて普通サイズの餅を揉む頃になって子ども達にも配られた。餅の種類はいろいろあった。部屋という部屋の隙間を埋めるくらい大量で、秋口になってもまだ餅があった。

目つむればうからはらから餅を搗く　　靖彦

正月

２０１８年１月

　戦争が終わって、郷里へ帰ってみると、家、職、食料、定収入がなく、塗炭の苦しみを味わったという家族は、当時日本国中あふれていたと思う。我が家族もその例外ではなかった。一九四七（昭和二二）年、中国・大連から引揚げてみると、ＧＨＱ指導の農地改革が施行されていた。我が家が所有していた全農地は、今まで耕作を依頼していた、いわゆる小作の人に没収されていた。返却を懇願しても無駄であった。引揚げて五年目、私が小学校三年生の頃、ようやく返却されたが、それまで我が家は無収入であった。同じ頃、母が独身時代つとめていた教師に復職でき、どうにか我が家も生活の目処がついた。

　小学生も高学年ともなると私は、元朝の早く海水を汲みに行った。そしてその海水に杉の葉を浸けて祓いながら「清め給え　祓い給え」と唱えながら屋敷を一回りした。この「清め給え」は、なにかというと年中何度も行った。もっぱら私の役であった。

　さて我が家の太箸《ふとばし》には特徴があった。我が家は栗の木製であった。「繰り合いがよい」「くりあいがよか」の縁起のよい語呂合わせである。暮れに男たちは山に行って栗の木を探し出し箸を作るのだが、栗の木は元来曲がりくねっている。その曲がりくねった箸で雑煮を食べると縁起がよいとされていた。

また元旦に行ったことは年中起こるとされ、夫婦喧嘩、兄弟喧嘩は御法度であった。殊勝にも日頃めったにしない習字、そろばん、勉強をした。飼っている牛や鶏には野菜や汁の特別のご馳走を出した。無収入の家だったのでお年玉は記憶にない。あってもノート、鉛筆を買うくらいのものであったろう。午後から凧揚げ、独楽廻しに興じた。

二日は母の実家にわれらも入れて三家族、三日は我が家から嫁いだ叔母達二家族が我が家に集まった。それぞれ叔父叔母、従兄弟たち二十人前後が集った。母の実家に行くときは、暮れに搗いた直径四十センチ以上はあろうという鏡餅を持参した。壱岐の男たるもの、年始に重ね鏡餅を妻に背負わせ、実家の玄関の敷居を跨がすことが出来ないと、沽券にかかわるとされていた。父は母の実家の近くまでは重い鏡餅を持ち、門の近くなると、母の背中に鏡餅を括りつけ、実直に母に敷居を跨がせていたのは、子どもながらに滑稽だった。

祝膳には大皿、中皿、小皿が載っていた。大人膳には盃がつき、料理の種類も多かった。ある年、余ったのか私も大人膳をもらった。酒こそ飲まなかったが、大人あつかいをされ嬉しかった。調子に乗って、膳の左上の小皿の料理に箸をつけ怒られた。その料理は持ち帰り、神様、仏様に供えるものだったのである。

胡座から正座に戻し雑煮餅　　靖彦

寒玉子

２０１８年２月

敗戦後、壱岐に引き揚げてきたわが一家には、五年間定収入がなかったことは、前号で述べた通りである。そんな窮状のなかで、どうにか一家の命を支えたのが卵――即ち養鶏であった。しかもその飼育責任は子どもである私に課せられていた。

朝起きると私は鶏のための食事を作る。米糠に水を注ぎ、野菜を刻み、混ぜる。それを二十匹ほど飼っている鶏舎に運ぶ。鶏はいっせいにむさぼる。わたしはそれが終わると、家族が待っている食卓につく。しばらくすると、あたりをひっくり返したように鶏が叫ぶ。産卵を知らせる声である。私はおもむろに鶏舎に戻り、産みたての、まだ母鶏の体温の残る卵を回収する。さっそく卵を割って、かき混ぜて卵かけご飯にする。しかし卵黄と白身は意志あるごとく絶対に混ざらない。長じて私は都会へ出て都会の卵と出会い、幻滅する。都会の卵は何のてらいもなく、自堕落に黄身と白身が簡単に混ざる。なかには血さえ入り混ざっているのもあった。以来半世紀、私は卵かけご飯をしたことがない。

当時三日置きくらいに〝卵買いのおじさん〟が廻って来た。我が家の鶏は一日十個くらいの卵を産む。その卵の半分を家族で食べて、残り五個をこのおじさんに売るのである。

おじさんは当然のように、大粒の、殻が頑丈そうな卵を高値で買う。そこで売り手の私も知恵を絞る。栄螺や鮑の殻を金槌で粉になるまで叩き、鶏の餌に混ぜる。カルシューム分を注入したつもりである。また稲穂が垂れる頃になると、捕虫網のような手製の大きな網を作り、網が稲穂の上をかすめるようにして走る。蝗は驚いて飛翔し網のなかに飛び込む。捕獲した大量の蝗を持ち帰り、鶏舎の中で放つと、鶏は飛び跳ねる蝗を嬉々として残らずたいらげた。

ところで「啐啄《そったく》」という言葉をご存じだろうか。『広辞苑』には（「啐」は鶏の卵がかえる時、殻の中で雛がつつく音、「啄」は母鶏が殻をかみ破ること）とある。あるとき雌鳥が抱いていた卵の一つを残し、全部孵化したことがあった。その残り一個を私が掌の平にのせるとすぐ、卵の中から嘴が等間隔に殻をつつき始めた。丁度一周して自ら殻を破り、ひよこがすっくと立ち上がった。

当時冠婚葬祭の程度によって、鶏を潰した。その頃の壱岐には仏教の影響もあり、四足、即ち牛、豚、羊などを食べる習慣がなく、肉と言えば、魚と鶏であった。鶏の解体料理は、鰤と同じく男の役割であった。我が家では勿論私が行った。

たらちねのぬくみまだある寒玉子　　靖彦

雲丹

2018年3月

先にも述べた通り「春一番」という季語は、壱岐の漁師言葉だそうだが、元現地人の私には、言い当てて妙という感がする。玄界灘に突如吹き荒れた疾風怒濤がぴたりと止むと、翌日からは蕪村ののたりのたりの春の海となる。女、子どもたちは待っていたとばかりに磯へ繰り出す。この頃になると海の色は一段と明るくなり、潮の香りは濃い。きっと母なる海にあまたの命が誕生し、蠢動し始めているからであろう。潮は満潮時の四〜五メートルは引き、磯辺を露呈する。

まず磯の石や岩に繁茂している黄緑色の石蓴《あおさ》を鮑の殻で掻き取る。この海藻を海苔のように伸ばし乾燥させ、味噌汁の中に入れるとほんのり春の香りがする。その他海草では、海雲《もずく》、搗布《かじめ》、鹿尾菜《ひじき》などを採る。次は蜷《にな》を採る。蜷は筍状をした直径二十ミリくらいの巻貝である。茹でて縫い針の先をセルロイド状の蓋に突き刺し、巻き状に抜き取る。これに醤油をかけて蜷丼にすると美味である。栄螺や鮑、常節《とこぶし》も採るが、この時期まだ早尚、春先の目玉は何と言っても雲丹であろう。

雲丹採りには準備するものがある。まず採った雲丹を入れる笊、次に小型の出刃包丁、更に二十×三十センチくらいの板片、これは即製の俎板替わりである。左上隅に長釘を軽く打ち付け、更に胴体の真ん中から折って打ち、釘の頭部を板にめり込ませる。即ち左上の隅に釘で作った三角の空間を作る。この三角の空間が後に大きな威力を発揮する。四つ目は、鉄製の先が曲がった磯鉤。これで雲丹を掻き出す。五つ目は、棕櫚《しゅろ》の枝をナイフで削って作ったスプーン。最後は収穫した雲丹を入れて持ち帰る丼である。

磯辺には大きな石や岩がいくつもある。その下や隙間を覗くと真っ黒い拳サイズの雲丹が並んでいる。興奮を押えきらず磯鉤で一気に掻き出し、持参の笊に移す。ざっと五十個くらい獲ったところで一式を持って汀に行く。俎板を取り出し、左上の三角の穴に、出刃包丁の先端を突っ込み柄を持ち上げる。刃の下にいま獲ったばかりの雲丹を縦に置き、思い切り出刃の刃を下ろす。即ち梃子の原理で刃が圧し鎌の働きをし、雲丹が見事に真二つに割れる。割れた両面の雲丹には内臓が黒くぎっしり詰まっている。これを海水で濯ぐと、内臓がすっかり四散。殻の裏には放射状にはりついた黄金の雲丹だけが残る。これをスプーンで掻き出し丼に貯める。これを何度か繰り返すとすぐ丼はいっぱいになる。持ち帰って粗塩をぶっかけ雲丹丼にする。

いま考えると、当時雲丹丼を食べたことが、贅沢だとは思わない。そこに雲丹しかなかったので食べた、という記憶しかない。

かち割りて殻ごとすする馬糞雲丹　靖彦

運動会

2018年4月

歳時記によって「運動会」は、春か秋かに分類されている。私が少年時代の一九五〇(昭和二五)年後半の壱岐の島においても、およそ、運動会は春と秋に計二度開催されていた。正確にいうと春の運動会は青年団主催の青年たちが活躍する大会、秋は小学校・中学校合同の子どもたちのための運動会であった。

一九五五(昭和三〇)年当時、浜名湖の二倍の面積を持つ壱岐の島の人口は、五万一千、十二カ町村があり、それぞれに小学校、中学校があった。高校も二校あった。(現在人口三万一千、一市四町、高校二、中学四、小学校一八)わが沼津村では、春に青年団の運動会が、四つの地区対抗で盛大に開催されていた。なにしろ近所や自分の兄ちゃん、姉ちゃんが激走、跳躍をするのだから、子どもたちは一心に応援した。大人たちも重箱にご馳走を詰めて集った。種目も短距離走から長距離走、リレー、高跳び、跳躍、投擲など、朝から午後三時ごろまで、競い合った。それぞれの覇者は村や地区のスターであった。

私たちはいまテレビを通して、五輪や世界選手権大会、その他の大会で、メダルを獲った日本選手の満面笑顔や爽やかな声に接することが出来る。また惜敗して涙する選手に同情することが出来るが、その選手の表情は私がかって子どもの頃に青年団運動会で見たシーンと遜色なく重なる。運動会は、いわば青年たちの意気発揚の、花の舞台でもあったのだ。

さて、この連載でたびたび触れているように、当時の壱岐には動力としては牛しかなかった。いきおい青年たちの存在は、公私ともに村や地区の宝であった。農耕における力仕事は勿論のこと、盆綱引き、村芝居、秋の祭礼、消防団活動、火の用心巡回等々……。すべて彼らが仕切り、一致率先して行っていた。従って彼らを見守る村人の視線は暖かった。

ところが私が高校を卒業をする一九六〇（昭和三五）年前後から、気がついてみると、春の運動会は中止となり、かって青年たちが携わっていた行事が行われなくなっていた。それよりも青年たちは長男を残し、次男、三男などの弟たちは、ごっそり姿を消していたのだ。日本経済は一九五〇（昭和二五）年勃発の朝鮮戦争により軍事特需の恩恵を受け、地方の若手エネルギーの集結をもって、経済成長、工業化の道を辿ったと言われる。農業の機械化に呼応するように壱岐の青年たちも都市部へ収奪され、壱岐の農業、文化は疲弊への道を辿った。いま都会に暮らす私は、偉そうなことは言えないが、経済発展の正体、残酷さをふるさとの大地に立つとひしひしと実感する。

奥方はあれよ韋駄天運動会

靖彦

夏相撲

２０１８年５月

我が家は、私が小学三年生の一九五一（昭和二六）年まで、ランプ生活であった。一方、同じ村ながら母の実家は戦前から電灯が敷設されていた。この格差は、母の実家の近くに特大の黒崎砲台が竣工されていたことによる。壱岐に電灯会社が発足したのは、一九一四（大正三）年、のちに〝電力界の鬼〟とおそれられた壱岐出身の松永安左ヱ門（一八七五〜一九七一）らによってであった。それから十四年後、壱岐対馬海峡を防衛する目的で帝国陸軍は東洋一の黒崎砲台建設に着工、五年間をかけて竣工した。当然のようにこの敷設には、多くの工兵、守備兵が駐屯した。こんななかお国のために働いている兵隊さんに、定期的に村の家に分宿してもらいご馳走しようという案が持ち上がった。実施してみると好評だった。砲台に近い母の実家でも何度か兵隊を迎えた。そんなこんなで、砲台の周辺の家々には、優先的に電灯が敷設されたのだった。

私は母の実家に泊まりに行くのが大好きであった。夜になると真昼のように明るい電灯。そして叔父の手作りのラジオ。私はラジオが特にお気に入りで、その日は夜遅くまで耳を傾け、翌朝は誰よりも早く起きてラジオの前に座った。

私が四年生のとき、やっと我が家に電灯が点き、念願のラジオの恩恵を受けることが出来た。更に六年生のときに小学校へテレビがやってきた。私たちにとって続けざまの〝情報革命〟だった。時代は視聴覚教育が標榜されていた。昼間は授業でラジオ、テレビが活用されていたが、夕方は村民に開放された。

私たちは相撲放映にたちまち虜になった。なにしろ新聞、雑誌で見る相撲は、今まで静止画であったが、テレビはリアル・タイムの動画である。力士の細かいデータの紹介のほか、パラパラ漫画のような取り口分解画像があり、親方の作戦・技の解説がある。私たちは一点も漏らしてはならじと耳目をそばだてた。時は次に来る相撲ブーム、栃若時代の前夜であった。中学に上がり休み時間になると、男子は裸足で運動場へ飛び出し、棒で土俵を模した円を描き、相撲を取った。それぞれがテレビで見聞した技を試した。私の得意技は外無双《そとむそう》であった。右四つに組み、右手で相手の右膝頭を固定し、相手の右腕をつかみ、自分の左へ巻き落とすと相手は簡単に横転する。

突如起きた相撲熱に学校側は土俵を作ることで応じ、全校生徒で畚《もっこ》を担いだ。土俵開きの日、私は選ばれて出場し、外無双で相手を倒し賞金を貰った。孤島に住むわれわれにとってラジオは、本土、世界へ通じるイメージの情報であり、テレビはリアル・タイムで追体験できる生きた情報であった。

おほいちょやうざんばらくづれ四つ相撲

靖彦

枇杷

２０１８年６月

金沢に生れ、育った妻と結婚して最初にあれと思ったことは、食後「さあ、デザートを食べなくちゃ」と言うことだった。デザートは、食後に必ず食するものか、目の前にあれば、いつでも好きなだけ食べるもの、無ければ食べなくて済ますもの、また果物はなぜ無料で手に入らないのだ、というのが、当時の私の果物に対する基本感覚であった。

私の子ども時代、果物は屋敷内、あるいは周辺の敷地に揃っていた。梅、枇杷、梨、蜜柑、金柑、柿、栗……、それも二〜三本、同じ果物でも種類が異なっていた。みんな採り放題、食べ放題だった。私は食後と意識して果物を食べたことはないし、意識的に数をかぞえて食したことなどない。ただ妹や祖母、両親の分を確保しておかなければ叱られた。

妹がまだ幼かった頃のある夜、夜泣きをした。すると、どすんどすんと地へ飛び降りる複数の音がし、タッタッと誰か走り去る音がした。二人づれの梨泥棒だったのだ。元警察官の父は二人を追いかけ、隠れている草むらに潜む犯人へ石を放ち、当たったらしい。翌朝起きてみると、庭の梨の木の大半の枝は折れ、嚙った梨の実が散乱していた。ついに犯人は不明であったが、村の誰かが何かの用で我が家を訪ね、今、園田屋敷は梨が盛りであるという情報を広げ、二人が泥棒に及んだらしい。

さて春が来たと私に実感させる果物は、玄関先にある枇杷の木であった。太陽の固まりのようなあの朱色。大粒の力強い種。大枇杷をもいで口に入れようとするが、子どもの口には大きくて入らない。仕方がないので、こじあけて種を取り出し、その後がぶりとやる。果汁が顎先から滴り落ちる。春の芳醇が鼻腔をつんざく。長じて口に入るようになると、食べ終え、最後に口から種を砲弾のように飛ばし、競った。

今、帰郷してみると、半分くらいは以前のところに果樹はある。対面してみると、人間と同じように、予想外に大きくなったり、老いたりしている。壱岐に住む妹によると、それぞれ果樹は盛りを過ぎたのだろう。ほとんどの果実は今実をつけていないようだ。食べてくれる主が不在では、果樹も張り合いがないこともあるであろう。

さて、果物において、私は今も内心忸怩たる思いが一つある。それは祖母の一言だ。「あなたが今食べているこの果物は、先祖が子孫のことを想って植えたけんあるんよ。あなたも大人になったら、子孫のために果物苗を植えんといかんよ」と言われた。だが私は子孫のためにまだ一本の苗も植えていないのだ。

大砲のごと口から放つ枇杷の種　　靖彦

牛冷す

2018年7月

私の少年期、一九五〇（昭和二五）年後半から六〇年初頭の壱岐で、牛を飼うことは、いわば一財産を保持することを意味した。なにしろ当時動力としては唯一牛しかなく、田畑を耕したり鋤いたりするには、牛に頼るしかなかった。

牛が財産である二番目の理由は、子牛を誕生させ、成牛以前に売ると、当時の農家の収入としては比較的大きな収入を得ることが出来たことだ。三年に一度くらいの間隔で種付けをして、子どもを産まさせ、売買した。

ただ人間側に立つと、やっかいなことがあった。彼らは複数の胃袋を持ち、食欲旺盛であった。彼らの食欲に常に応え続けることは並大抵のことではなかった。彼らの欲求に応えることを少しでも怠ると、彼らはたちまち痩せた。

大人たちは、飼葉、草を与えるほか、大豆、芋、粟、稗、雑炊などを与えた。大人たちの会話の半分は飼い牛についてであった。たとえば畑や道で余所の牛に出会おうものなら、頭の前や尻の後ろに廻り品定めをした。「よう肥えちょるばい」が牛及び飼い主への最大のほめ言葉であった。

壱岐の子どもたちは牛と仲良しだ。子どもたちは親たちの牛への世話をいつもよく見ており、なにかと手伝っていたから、扱いに慣れていた。朝起きると牛舎に挨拶に行く。牛も応じるように近寄って来る。鼻はちゃんと濡れているか、涎は垂れているか、眼に輝きがあるかなど一丁前に確かめながら、餌を与えた。子どもたちは、下校すると、近くの原っぱや道野辺の草を食べさせに牛を連れ出した。「牛飼い」と言った。

父が畑や田を耕やしたり、鋤くために牛を使い始めたら一時間以上、休みなく使う。牛は全身汗まみれ、泥まみれになって懸命に農具を牽引する。勿論、父も牛に負けないくらい全身汗まみれ、泥まみれである。牛も人間もくたくたになって一仕事が終わる。一休みして、また同じ作業を繰り返す。

夕方には牛も人間も精魂尽き果てる。その日の仕事が終わると、父は近くの池や小川に牛を連れて行く。自分のことはさておき、牛の全身を洗ってやる。子どもの私もついて行き、手伝う。「ああ、疲れたぞ」というように牛は、足元の水を飲み、ふうっ！　ふうっ！と何度も荒息を立てる。疲れただろうと私が言葉を掛けると、牛は擦り寄って来て顎を差し出す。いつもの通り顎の下を撫でてくれという催促だ。私の愛撫に牛はとろけるように目を細める。洗い上げられた牛はさっぱりとした表情で牛舎に帰る。勿論餌をたらふく与える。

冷し牛ねぎらひをれば甘えくる　　靖彦

盆用意

２０１８年８月

幼いころ、私はお墓好きのへんな少年であった。我が家から墓へは、徒歩三十歩のところ、すなわち屋敷に隣接してあったので、なにかと言えば墓参りをした。我が家の一番古い墓は一七〇二（元禄十五）年である。以後約五十基あるが、いまは書き付けはまったく残っていないので、享保、宝暦、文化、文久などと刻まれた没年と戒名だけで、その人物を想像するより他はない。私がこの世にやっと生を受けたのに、彼らはすでに三百年も以前に生を終えている。どの人にも生の愛憎、四苦八苦があったはずなのに、おくびにも出さず座している。しかも、この五十基の全部と私は、今様に言うとＤＮＡの繋がりを持つ。彼らのうち一人でも欠けると私はこの世にいない。先祖は一つずつ増え続ける墓に私と同じように拝み続けたはずだ。また私と同じこの風景を見、同じ土地に立ったに違いない。そう想うと、少年の私は時空を超えた不思議な世界に引きずり込まれるのだった。

さて、盆が近づくと私は毎年憂鬱になった。我が家の墓は江戸末期まで独特であった。まず四メートル四方の広さに人間の頭大の小石が大人の膝の高さまでひき敷めてあり、その中央に墓碑が立っている。盆も間近かになると、山間を切り開いて設けた約五十基の墓に積もった落葉を、家族全員で石をめくりながら取り除く。一基あたり三十分以上かかる。しかも久々の人間の生き血に大きな山蚊が興奮し、たかり来る。なんで我が家の墓だけこうなのと私は文句を言ったことがある。祖母曰く「先祖は分限者（金満家）だったい」。規模は比べようもないが、エジプトの王、中国の皇帝、日本の天皇のように、生前から自分の墓を用意していたらしい。海辺へ行き人間の頭大の石を持参すると誰にでも一升の酒を与えていたとか……。いやいやながらの墓掃除も、今から思うと、益もあった。掃除をしているとその人物について代々伝えられた話を聞くことが出来た。細かいことは失念したが「やさいしい人であった」「一度思ったことは諦めない人だった」「威張った人だった」など、言外に人生訓が含んでいた。

ある墓の前にくると、失礼ながら、私は今でも笑ってしまう。彼は酒席で他人の刀を間違えて持ち帰ったそうだ。その挙げ句、武士の名折れと刀で腹をかっさばき海へ身を投げた。「百尋《ひゃっぴろ》（腸）が縄が伸びたように海面に浮いちょったち」というリアルな表現が伝わっている。私は酒席ではいつも彼のことを思い、粗相のないように密かに気をつけている。

相乗りの父母またがるや茄子の馬　　靖彦

甘藷

2018年9月

一九五〇（昭和二五）年代後半の我が家の日常のご飯は、米3：麦7の比率であった。この比率は冠婚葬祭の度合いによって変わったが、一〇〇％銀舎利《ぎんしゃり》の日は滅多になかった。米は、来年の種籾用に確保した上で、残りの大半は農協へ供出、現金に換えた。主食の米を補ったのが、甘藷であった。甘藷は土地が痩せたところでも獲れた。敗戦直後の壱岐の人々を救ったのは甘藷と言っても過言ではない。生の藷をスライスし保存食にしたかんころ藷、茹でてスライスにして干した飴替りのもの、蒸かし藷、焼き藷、餅に搗き込んだかんころ餅など、今でもすぐに十指に挙げることが出来る。収穫が終わると、母屋の床の下に掘った大きな穴へ、一年分の保存食として備蓄した。この穴が一杯になると、子どもながら安堵したものだ。弁当替りに甘藷を持参する子もいた。

さて、甘藷の収穫が終わると、子どもの私にとって一仕事が残っていた。近所に「ひっとり爺さん」「ひっとり婆さん」と呼ばれている老人が住んでいた。子どもが巣立ち、連れ合いに先立たれて、今は一人暮らしの老人だ。子どもたちは、なぜかやや揶揄の気持ちを込めてそう呼んでいた。甘藷が穫れると、子どもの私はこの「ひっとり爺さん」「ひっとり婆さん」の家に甘藷を届けるように言いつかっていた。そして、その爺さん、婆さんの屋敷に近づいたときには「ゴヨウシャ！　とおらべ（さけべ）」とも指図されていた。私は「ゴヨウシャ！」とありたけの声で叫んだ。当時の壱岐の家には鍵をかける風習がなかったので、がらりと玄関のドアを開けると、持参の甘藷の包みを放り出し、見てはいけないものからのがれるように、一目散に退散した。爺さん、婆さんは奥の部屋で寝ているのか、あまり人の気配はなかった。役目が終ると安堵した。甘藷のほか、野菜、果物、魚などたくさん入手したときも、よくこの使いに出された。

幼いときは、訳もわからず使っていた言葉が、ある日、氷解することがある。社会人になりたてのころ、あの「ゴヨウシャ！」は、「御用者！」ではないかと思い当たった。九州には時代がかった雅な都ことばが今なお随所に残っている。「御用者！」の意味は、我は用があってこの屋敷に近づく者である。決して泥棒なんかではないぞ、と解釈すると理が通る。そして甘藷の使いも、当時、老人へ対する年金、社会保障も皆無であったろうから、わが親たちが、先代である「ひっとり爺さん」「ひっとり婆さん」へリスペクトの気持ちから、なにくれとなく目配りをしていたと思われる。今思うと、私もささやかながら、地域の安寧の一助を果たしていたことになる。

一本にかくもごろごろ甘藷

靖彦

目白《めじろ》

2018年10月

十月に入ると壱岐の少年たちは、忙しくなる。目白シーズンの到来だ。目白を捕り、飼うには二つのことが必要だ。まず捕獲のために鳥黐《とりもち》を作る。山に入り、日頃目をつけていた鳥黐の木から鉈の刃で樹皮を剥ぐ。樹皮には既に粘り気がある。笊いっぱいの樹皮を持ち帰り、平らな石の上に二〜三枚くらいずつ広げ、適当に水を加えながら金槌で微塵となるまで砕く。全部を砕き終わると拳骨くらいの塊となる。今度は自分のズボンの左腿の上を水に濡らし、鳥黐の塊を両手で二分するように引っ張り、その伸びた鳥黐をズボンの濡れた面に上下に転がす。すると微塵となった粗い樹皮が鳥黐のなかからはじき出される。これを何度も繰り返すと、粘りの純度が高い鳥黐の塊となる。

二つ目は目白籠作りだ。既に一年前から籠作りの素材である竹は陰干しにしてある。まず、文字通り寸分のちがいのない設計図を書く。その設計図に沿って、少年はそれまでの知識、正確さ、道具、美意識をもって、竹籤《ひご》や桟をこしらえる。そして自作の三ツ歯錐《きり》で穴を開ける。籤の削り、穴のあけ具合は微妙だ。事前にあれほど点検していたのに、実際に取りかかると不具合や誤りが発見される。何度もやり直し、修正して約一か月前後かけて完成する。

　さて実際の目白捕りだが「目白押し」という言葉があるように、彼らは百匹前後の群れとなって樹木から樹木へと流れている。少年たちは日頃から彼らの流れを熟知している。目白の流れが眼前に来る前に、鳥糯を巻き付けた枝を目白の流れの中に仕掛ける。目白はそうとは知らず、流れて来て、鳥糯の枝に止まる。すると頭を下にしてくるり鉄棒のようにぶらさがる。なぜかじたばたしない。少年は鳥糯の枝を取り寄せ、かかった目白を掴み、目白の足に付着した鳥糯を石油で拭いてやり、持参の目白籠の中へ放つ。

　捕獲してからの目白の世話は大変だ。主食は蒸かし諸だが、食べ易くするために、大根葉を下した汁で柔らかくする。その他目白の好きな熟柿や木の実、粟、稗、砂糖水、毛虫などを揃える。今考えると、なぜあれほど目白捕りや籠作りに熱中したか不明だが、鳥糯や籠作りにおいて、暗黙的に工芸的、職人的技術を競ったように思う。また自分が飼っている目白こそが、美しい羽根を持ち、透き通る声を出すという、少年独特の自己顕示欲があったような気がする。目白に関する熱は、小学生高学年から中学までで、高校に入ると急に薄れる。

　　わが目白妙なき声と知らで啼く　　靖彦

椎の実

２０１８年11月

私の人生において、詩心らしきものを最初に灯してくれたのは椎の実だったかもしれない。幸い我が家は先祖のおかげで近くでは寺山（寺が所有している山）に次ぐ広い山の持ち主であった。小学校に入る前のある日、私は自宅から三十メートルの山で椎の実を拾っていた。地面にはすでにたくさんの椎の実が落ちていたが、更に私の頭、背中に、雨、霰と降ってくるのであった。一升枡に一杯拾うくらい訳もなかった。

一升枡で二十杯――即ち二斗くらい私が拾い集めたところ、母は町のお菓子屋に売りに行こうと言い出した。徒歩で往復十キロの道を母は二斗の椎の実を背負い、私とともにお菓子屋へ向かった。無事にお菓子屋に椎の実を買ってもらった母は、私を本屋に連れていき、生まれて初めて絵本を買ってくれた。確か『かぐや姫』だったと思う。それは今となっては、仙花紙という粗末な紙材で、絵本の色も貧しいものであったが、生まれて初めて買ってもらった、当時の私にとって甘美な魔法のような贈り物であった。椎の実を拾うと絵本を買ってもらえる、そんな不思議な繋がりがこの世にあったのだ。その後三～四度くらい、お菓子屋に売りに行き、その度ごとに絵本を買ってもらった。椎の実は夢を誘う木の実だった。

小学校に入って火を使うことを許された私は、拾って来た椎の実を焙烙《ほうろく》で炒ることを覚えた。七輪の上の焙烙に椎の実を入れ蓋をすると、やがて蓋を突き上げるように次々に弾ける。焙烙の柄を握り、揺らしながらかきまぜるが、その炒り具合が肝腎だ。あたりに香ばしいかおりが充満するころ、私は炒りあげ、妹や父母の分を残し、ズボン及び上着の両ポケットに、炒った椎の実を詰め込む。私の両腿、両横腹は、椎の実の余熱でほくほくだ。友達の家に遊びに行くと、ポケットから一握りの椎の実をあげる。椎の実は人と人とを結ぶ力もあった。

上京した春、入学したばかりの学校の六大学野球の応援に神宮へ駆けつけた。なんと神宮の杜の木々は椎の木だった。私は幹に手をかけ、気抜けしたような、安堵したような気分だった。秋のリーグ戦、冬のラグビーの応援にも駆けつけた。郷里でしたように、樹下で天を仰いでみたが、残念ながら椎の実は一つも落ちて来なかったし、地面にも椎の実はなかったが、椎の大樹はこれから始まるドラマを求めて集まる人々を、じっと見つめているようだった。椎の木は、一見、何の変哲もない樹木であるが、私にとっては、胸をわくわくさせ続ける、幸せを呼ぶ、そして気になる、樹木、木の実である。

椎の実の降るや故山の奥深く　　靖彦

雪の島

２０１８年12月

一九五八（昭和三三）年四月、高校に入学した。すぐに校歌、応援団歌、勝鬨の歌、奮起の歌、各運動部の部歌などを教わった。その中に戦前から愛唱され続けられてきたという旧制壱岐中学の校歌「玄海万里」もあった。「〽玄海万里波巻きて潮花と散る雪洲の……」と続く。私は「雪洲」が壱岐の別称ということはすぐわかったが、なにかそぐわないと思った。なぜならば壱岐には年に一〜二回しか雪は降らない。それも一センチも積もらない。それでも壱岐人は「雪洲」という言葉をよく使う。高校卒業以来五十年間、ずっと気になっていたが、このたび図書館に通い地名辞典をひもとき一つの結論を得た。

地名辞典には、要約次のようにあった。①「古代にはいきの島、ゆきの島と呼ばれた。確かな語源は得られないが、往きの意と解釈されている」『角川地名大辞典』②「古事記に伊伎島、万葉集には由吉能之志麻、和名抄に由岐島と書く。坪井九馬三氏は「離島、辺境」を意味する南方のチャム語Iku、Iuikか、「小、少」を意味するサンドイッチ語のikiかだろうという」『地名語源辞典』山中襄太著、校倉書房 ③「或人の説に此の島に雪の白浜と云地ありて、遠方から望めば雪の如く見ゆ、是名の起りと曰へり」『増補大日本地名辞典』吉田東伍著、冨山房。同様な表記が他の辞典にもあった。

①において、私は和語という口語のみで、まだ文字を持たない時代のわれわれの先祖を想う。きっといきのしま、ゆきのしまの両方を使っていたと想う。「い」と「ゆ」は発音上近いので、一つに確定出来ず、口承で伝えていたと想う。

②そこへ中国から文字が伝来する。当時の人は、発音が同じであれば、それぞれ当てはめた。例えば「い」であれば、以、伊、意、移、「ろ」であれば、呂、侶、楼、露、というようにである。いわゆる万葉仮名である。表記の不統一は当然である。

③大陸への玄関口、呼子・唐津、博多へ近い、島の東部の海岸は今でも白砂青松が続く。島外の人が最初に壱岐の島に近づこうとしたとき、確かに神々しい雪の白浜に見えたかもしれない。

私は以前、長谷川耀先生の「俳句の『白』について」という講演を拝聴したことがある。そこで先生は、俳句において白という色は最も大切な色である。白河、白浜、白山、白峰、白水を例に出し、共通することは、「神が天から降り立つ場所」「白＝神聖な場所」と言えないだろうかとおっしゃった。壱岐人が自分の島を改めて「雪洲」と言うとき、霊的な詩的感情があふれているように想うのであるがどうであろう。

眉に雪のせきし君を迎へ入れ　　靖彦

初写真

2019年1月

そろそろ終活に着手しなければならない年齢になった。先日、古い写真を整理していて、一九六八（昭和四三）年一月二日、正月に母の実家に親戚のほぼ全員が集まった一枚が見つかった。約半世紀前、ここには今は亡き祖父母、母を始め叔母、叔父、その伴侶が健在で、従弟妹に当たる子どもたちも面々いる。私が何か笑わせることを言ってシャッターを切ったらしく、みんな無防備に腹をかかえて笑っている。こんなに無防備に笑う表情を私は久しぶりに見た。そういえば、わが一族は、平凡な日常生活の苦しい中にも馬鹿ネタを見つけてよく笑いあった。この連載で何度も述べているように、当時、年中何かにつけて親戚は集まった。よく考えてみると、この写真はこれまで営々ときづいてきた三〜四世代同居という大家族主義、定住社会の残照を記録した記念すべき一カットと言えよう。

私は島内の高校を卒業し、大学入学のために上京し、都内の会社に就職し、他郷の女性を伴侶に迎え、三人の子どもに恵まれた。いま子どもたちは親の膝下を離れ、個別に国内外で暮らしている。後続の従弟妹たちも全部、私が先鞭をつけたように暮らしている。島外に暮らしていても、一昔までは伴侶は壱岐人というケースが多かった。我が家は父母から三代さかのぼり若き日に島外に暮らしているが、全員伴侶は壱岐人であり壱岐で没している。私の高校の同級生も三割くらいは壱岐人同士の結婚である。さすがに私より十歳前後若い従弟妹の代になるとこのケースは稀になるが、ともあれ、残る最大の問題は誰が故郷をまもるのかである。

私は、両親が仕事で忙しいということもあり、爺ちゃん子、婆ちゃん子であった。母方の祖父母にとっては、私が孫第一号ということもあり、かわいがってくれたし、わたしもすっかりなついていた。祖父母が私に教えてくれたことは、子どもにはやや古くさい言辞だが「天網恢々疎にして漏らさず」「正直者の頭には神宿る」、即ちオネスト・イズ・ベストということだった。

この考えは私が生を受けた時は既に亡くなっていた母にとっては祖父、私にとって曽祖父の流れをくんでいると思える。彼は地元では名の知れた教育者、人格者だったらしく、村人から慕われていたらしい。母や叔父叔母の話の中に彼は繰り返し出てきた。私はこののち経済成長期下の一戦士として、朝から終電まで、月に二〜三日は徹夜をするような激務につくことになるが、残念ながら世の中の価値は、オネスト・イズ・ベストではなく、マネー・イズ・ベストに変わっていた。

かの年の父は軍装初写真　　靖彦

スケート

２０１９年２月

時は敗戦から二年目、一九四七（昭和二二）年一月の夜、真昼のような月があった。私は四歳。場所は中国東北部、大陸への玄関口、大連市。我が家の官舎から俯瞰するように大通りが見えた。その夜大通りは水が撒かれ、スケート・リンクに早変わり、たくさんの子どもたちが歓声を上げていた。そこへ今まで聴いたことのない異様なエンジン音と不吉な地響きがした。子どもたちは、文字通り、蜘蛛の子を散らすように退散した。やがて大型の異様な戦車約五十台とそれを警護するように、銃を持った徒歩の兵隊約二百人が続いた。ロシア兵の入城である。その夜から彼らは毎夜銃を乱射し、狼藉の限りを尽くした。

我が家は、父を捕虜にとられ、病弱の二歳の弟と私、母の三人。兄は病死していた。母としては一刻も早く帰国したい気持ちだったに違いない。そこへ、念願の帰国の説明会を近くの小学校で行うという（実は偽の）一報が入った。母は出かける前に、私に絶対に玄関の鍵を開けてはいけないと言い残した。五分くらいして玄関から「坊や、ここを明けておくれ」と言う男の声がした。郵便受けから南京豆がぽろぽろ流れ落ち、土間に跳ねていた。私は南京豆に目がくらみ、母の諌めをすっかり失念し、鍵を開けてしまった。その頃私が足の裏に飯粒を付けて寝ていようものなら、鼠が布団の中に潜り込んできて私の足裏を囓った。毎朝鼠取り器に鼠があふれた。人間も鼠も極限まで飢えていたのだ。入ってきた二人組は日本人の電球泥棒だった。彼らは素早く部屋中の電球を外し持ち去った。以来帰国まで我が家は夜は真っ暗であった。

それから一か月後、私たちは引き揚げ船に乗ることが出来た。船が岸を離れると、それを待っていたかのように二人の男が大勢の男たちに、目をそむけたくなるくらい殴られ蹴られていた。後に聞くと、二人は同胞を裏切り進駐軍に取り入っていたという。壱岐に渡る前日、福岡の寺で枕元においた防寒帽を盗まれた。中に貯金通帳の記号ほか金額を記入した布を縫い込んであった。生活の極限において、騙しが横行していたのだ。

帰国後もいつも明るく振る舞い〝出来ぬ堪忍するが堪忍〟と言っていた母であったが、ある時母がめったに口にすることのない本音を聞き出すことが出来た。「中国人や朝鮮人は、どんなに困っても同胞を騙したり、裏切ることをしない。しかし、日本人は二人いると仲良くするが、三人になると必ず派閥を作る。平気で同胞を騙したり、裏切ったりする」。これは母の外地生活七年間に体験した悲しい実感であったろう。

スケートのガッツポーズや肩で息　　靖彦

春の別れ

2019年3月

敗戦から二年目、私たちは両親のふるさと壱岐の島に引き揚げて来た。実家にたどりついてみると、我が家にはお婆さんが三人もいるのに驚いた。一人は私の直系の祖母であることは分かったが、隣の隠居家に住む二人は何者か。私が成長後確かめたところ祖父の叔母に当たる姉妹、三重さん、八重さんであった。二人に共通することは、嫁いでも子に恵まれなかったこと。三重は離婚し実家に戻った。そこへ同じく子どもを授からなかった八重が不憫に思い、一緒に暮らし始めたと思われる。ある寒い春の日、「さようなら！　さようなら！」と言い合う、ただならぬ悲痛な呼び声を私は聴いた。これは今生の別れだということが五歳の私にも分かった。八重は婚家からの迎えのリヤカーに乗って帰って行った。ほどなく訃報が届いた。実家に残った三重も私が小学三年の早春、亡くなった。

話はこれで完結していた。ところが二〇〇一（平成一三）年、私は勝野良一著『私説三富朽葉伝』（文芸社）に出会う。この本の記述はやや危なかしいが、それまで私の中で散乱していた知識が脈絡を持ち符合し始めた。私はこの連載の「墓参」の巻で、私から五代前、ペリー来航の一八五三（嘉永六）年に亡くなった住右衛門のことに及んだ。彼は、これからは神・天皇中心の新しい時代が始ると予見し、仏教徒から神道に改宗し、自分の娘たちを島内の有力な神官に嫁がせたことを述べた。八重はまさしくそのモデルのような人物であった。彼の夫は、隣村の名門、三富家の長男、地元の村社国津神社、壱岐中央にある唯一の国幣社の格式を誇る住吉神社の神官を兼任していた。二人の結婚は順風満帆と思われたが、一つだけ弱点があった。それは世継ぎが生まれないことであった。幸い夫の弟に男児一人があった。兄弟の間では、この男児を跡取りにすることが固く約束されていた。

男子は、暁星中学から早稲田大学文学部に進学、やがて文学にめざめ、新進の文学者として脚光を浴び始める。広辞苑には次のようにある。「みとみ‐くちは【三富朽葉】新体詩人。名は義臣。壱岐生れ。早大卒。フランス近代詩を研究。繊細哀婉な作風。銚子で溺死。(一八八九〜一九一七)」。そう、記述のとおり、急死したのだ。八重は赤ケット(毛布)を着用し、葬儀に上京した。八重が実家に戻って姉妹で暮らすまでには、悲しい前歴があったのだが、当時の私が知る由もない。犬吠岬には朽葉の歌碑があるそうだが、まだ訪れていない。私の心のなかには、二人の顔かたちは今はすっかり消え去っているが、「さようなら! さようなら!」と呼び合う老姉妹の声だけは残っている。

さよならのテープ七色島は春　靖彦

花むしろ

2019年4月

父を亡くして四九年、母を見送り十七年たつ。この間、親及び親世代に確かめておけばよかったということがいくつか浮かび上がって来た。その一つに壱岐の酒席、宴席で使っていた盃がある。当時、公民館、コミュニティ・センターなど完備しておらず、冠婚葬祭、会合は、自宅で行われていた。その席では当然のように酒を汲み交わすが、その盃が子どもながら気になり、回答を得ぬまま今日まで来た。実は社会人三年くらいの時に帰郷したとき、その盃を無作為に五つ持ち帰った。

①銀文字一色。「征露紀念」と中央に大書。日章旗と旭日旗の組み合わせ。下に「歩兵〇〇」。横に「柳原」の苗字　②盃の周辺は金色。赤色の赤十字マーク、銀文字の「退営紀念」。日章旗と桜。横に「牟田」。　③盃の周辺は銀色。日章旗と旭日旗は赤色。青緑の葵の葉。「歩兵隊四十六聯隊」。横に「田中」。　④二色。中央縦に「東洋平和に〇と銃剣」の墨文字。上部横に「支那事変凱旋紀念」。桜、銃剣、鉄兜のカット絵。　⑤盃の周辺は銀色。「軽き身に重きつとめと〇〇〇〇〇〇〇〇〇〇〇今日の嬉しさ」「清水」

たまたま東京へ持ち帰った五つの盃から読み取れることは、少なくとも日露戦争の頃から、壱岐の従軍者（明治維新以来の戦没者は一九五二名）たちは、これら盃を入除隊に際し、近隣の親戚、知人に配っていたということだ。当時我が家にはざっとこの種の盃は百前後あり、少なくとも私が社会人になる一九七〇（昭和四五）年頃までは、冠婚葬祭の際常用していた。最大の疑問点は、私が幼いときから大人になるまで、この盃の周辺にいたが、意図的か偶然か、この盃について、誰一人、口裏を合わせたように、一言半句語らなかったことである。

私の編集者時代、懇意にしていただいた方の一人に、ノンフィクション作家、歌人の辺見じゅんさんがおられる。辺見さんは、角川源義氏の長女である。辺見さんが父上にもの書きになりたいと初告白されたとき、源義氏は、地方に埋もれている子守歌を採取するように助言されたそうだ。父上の教えを忠実に守り地方を執拗にめぐるうちに、辺見さんはやがて〝銃後の女たち〟というテーマを発見される。それは、やがて『男たちの大和』『収容所からきた遺書』などの一連の大作となる。

私は辺見さんならば、きっとわが盃についてご存じであろうと実物をお見せした。答えはなんと「初めて見た」であった。私は永遠に回答者を失ったのであった。

先生は昼寝大好き花むしろ　靖彦

春愁

2019年5月

五十年余前、壱岐ではまだ土葬であった。それぞれの家の庭の片隅には、文字通り人間が入るくらいの口幅の、丈一メートル強くらいの甕が底を天にして二〜三個並んでいた。老人たちは一様に「これは私が入る甕ばい」と誇らしげに指さした。その口調は、まるで覚悟は既に出来ている、その日が来るのが待ち遠しいとでも言っているようで、子どもながら、その大胆さに驚いた。人が死ぬとこの甕を洗い上げ、人骨が固まらないうちに、丁度母の胎内で生をうけたと同じ格好——両足を曲げ、両手で膝を抱く、いわゆる屈葬甕棺葬にした。

当時冠婚葬祭は自宅で行った。式を司るのは、村で一番小さな単位の相互自助組織である「組」の約二十軒の連中だった。大ざっぱに式の表舞台、神主への交渉、資材の手配調達などは男衆、霊前への供物、当日の全参加者への食事、肴の準備など裏方は女衆が仕切っていた。甕穴を掘る人は縁起のいい人、即ち、新婚者、子宝者、子牛の生れた家の者などに厳選された。喪主一家、一党は畏まっておればよかった。

やがて甕は掘られた二メートル近くの穴に下ろされ、平たい大きな石の蓋がされるが、ほんの小さい穴を明けたまま埋められた。喪主は家で一日死者と添い寝をし、埋葬後七日間、墓のそばで灯明をつけ通しで添い寝をした。夏場はよいが冬場の山中の墓での添い寝はこたえる。添い寝の際、先に小さく明けた穴から、毎日お握りを甕の中へ一個投入する。万一死者が生き返るかもしれないという配慮からであるが、喪主の七日間の添い寝が終るとともに、甕棺は完全に密封された。

四十九年前、社会人として初給料を貰ってすぐ、祖母、父が死去し、立て続けに喪主として帰郷して驚いたのは、土葬から火葬に変わっていたことだ。当然のように火葬場が出来、葬祭業が生まれ、老齢化という時宜を得て繁昌していた。

私は、当時、時代の波として、火葬化は当然のことと思ったが、今、「土葬の人」と「火葬の人」とでは本質的に違うのではないかと思う。「土葬の人」は、大家族の中、貧しくも生涯働きづめの人生だったかもしれないが、他人のことを配慮し、他人から配慮され、親と子ども、親戚が地域に根ざし、共に助け合って暮らすことが、一番幸せであると体験的に知っていたのではなかろうか。彼らは死して自ら入る甕を、生前自信を持って指さすことが出来た。一方「火葬の人」である我々は……、今更ここでは愚痴はやめよう。我々は土葬から火葬へと続く社会において何を得、何を失ったのであろうか。

父母のもとしかばね届け春憂ふ　　靖彦

毒流し

2019年6月

それはおぞましい光景だった。二度と見たくない場面であった。私はまだ小学校に上がる前で、父と壱岐にある長崎県で二番目に広い深江田原《ふかえたばる》を徒歩で縦断していた。父の姉、即ち叔母の家へ行くためであった。歩けど歩けど青田が続いた。

道に沿って小川が流れていた。単調な徒歩に飽きて、私は何気なく小川を覗き込んで、驚愕した。そこには鮒、鮠《はや》、鯉、鰻、目高の魚類をはじめ蛙や昆虫など、川に生息していると思われる、生き物が根こそぎ浮いていたのである。その種類、大小の数に私は圧倒された。

死体は、みんな川面に浮き上がり腹を出し、既にかすかに腐乱が始まっているらしく、死体の表面が初夏の光のなかで白濁していた。川の流れは緩慢だが間違いなく動いており、死体が次々続いた。多分何者かが上流で毒を流したのに違いなかった。この毒の名前を後に母から密かに聞いた記憶があるが、今はすっかり失念している。確か花の名前だったように記憶する。この毒流しの光景を初めて見たとき、幼いながら、私は瞬時に、これは人間が金輪際やってていけないことと思えた。後年、私は、ゼノサイド（民族などの組織的大量殺戮）、ホロコースト（大虐殺）という言葉を知ることになるが、まさに人生初めて見たおぞましい光景であった。

これは大人になっての後知恵になるが、おぞましく感じた第一の理由は、当時者が完全に姿を隠しており、将来的に追及されることがないという自信すら感じたことだ。これは誠に卑怯なことである。（当事者が残した痕跡は私が立っている地点から上流で毒を播いたという一つの事実のみ）第二は、無差別殺戮であることだ。どこにも殺す理由がない。毒を含んだ魚は食えない。ただ他者を殺す快感のためだけに殺すという悪意しかない。一人の人間のこころの中には善意、悪意それぞれあるが、毒流しの行為は、最も卑劣である。多分当事者はそこまで考えなかったろう。第三は、毒流しの思想は、種の絶滅までに及ぶ。私が毒の植物の名を失念したのは、今となっては、将来自分には関係ないと思ったこともあるかもしれない。

牧歌的な広大な深江田原の中。そこを本来生き生きと流れるはずだった川に、悪魔の仕掛けがあったと思うとやりきれない。最近、世界には独裁者と言われる人や私第一主義の考えが跋扈し始めているように思えてならない。そんなとき私は、あのおぞましい私の原点、毒流しの光景を思い出す。

これほどの骸の数や毒流し　靖彦

跣足《はだし》

2019年7月

私は跣足が好きだ。外出先から帰宅すると真っ先に靴下を脱ぎ捨てる。跣足になるところが野性を取り戻し、自由になったような気がする。逆に靴下を履くと、本来の自分が拘束され、どこか不自由な気分になる。

これは一九五二（昭和二七）年、私が小学生四年の春まで、日常生活において、草履を履く生活をしていたことによるものと思われる。草履は丁度一か月で履きつぶした。当時我が家は五人家族であったので、毎月、最低五足の草履を必要とした。夜なべのとき、まず縄を綯い、草履を編んだ。小学生の高学年ともなると、自分の草履くらい作ることが出来た。草履はいくつも作り貯めておいた。近所つき合いの手土産に、米、卵とともに、この草履が重宝がられた。

草履生活は、別名、跣足の生活でもあった。雨の日の登校は、草履は濡れて底が抜けやすいので跣足となった。校庭で遊ぶとき天気の日でも跣足であった。運動会の日は勿論生徒全員跣足であった。大人たちも、農作業で田畑に入るときは、跣足であった。梅雨の頃は、連日跣足であった。それゆえ当時一日のうちで跣足にならない日はほぼなかったろう。今こうして書いていると悲惨な感じもするが、なに、われら瑞穂の国の民は弥生の御代から先の戦前まで草履・草鞋・跣足であった。靴の歴史はざっと百年。わたしの胎内に刻み込まれた弥生以来の跣足のＤＮＡは、たかだか百年の靴の時間くらいで消し去ることはできない。

さて、私は四年生の初夏、母からゴム草履を買ってもらった。この年、ランプ生活から電灯のある暮らしへ移った我が家にとって、ゴム草履の登場は、更にエポック・メイキングな事件であった。ゴム草履は雨の日でも履ける。千年以上も続いた跣足生活から脱したのだ。しかも一足購入すると四、五年はもつ。もう草履を作り貯めておく必要はなくなった。こんなすばらしいものがまたとあろうか。わたしはその時思った。まさしく文明・文化を変える一品であった。

その後、ズック（運動靴）、ゴム長靴、地下足袋などが、島内に入ってきた。高校には運動靴で通学した。たしか素足のままで履いていたと思う。上京するときも運動靴だった。上京して初めて革靴を購入したとき、革靴を履くときは素足でなく、まず靴下を履き、その後に靴を履くということを教わった。以来、学生として、社会人として、靴下を履き、革靴の生活をしてきたが、私は最近ますます跣足への想いが強い。

夏川や鮒次々にぶつかり来　　靖彦

盆綱曳き

２０１９年８月

夏の暑さもいよいよ盛りになるころ、村の青年たちは各戸を廻って、当然という顔で金品の寄付を要請する。金品の金は、文字通り現金。品は酒、焼酎、野菜、味噌・醤油、米などの食料品等々。それに藁、縄、青竹など。我が家は竹山があったので、なるべく太く長い物干し竿級の青竹を徴収して行った。青年たちは、近くの原っぱにテントを張り泊り込む。昼間は暑いので夕方から作業に取りかかる。盆綱を作るのだ。

まず青竹の枝を払い、大きな石で青竹を叩き割る。その裂け目に藁を巻き込み、覆うその上を縄でぐるぐる巻きにする。この時点で、割れた青竹を芯にした、藁を巻き付けた〝縄〟が出来上がる。更に、このような〝縄〟を継ぎ足して一本四十メートル前後の〝縄〟にする。更に同様な〝縄〟を計三本こしらえる。最後にこの三本の〝縄〟を寄り合わせて、綯うと、直径六十センチ大の頑丈な盆綱が出来上げる。更に曳き手のために縄の輪をいくつも結びつける。曳き手はこの輪をつかみ曳く。

盆綱は原っぱに大蛇のように横たわっていた。綱引きは夕方から夜に掛けて行われる。今でいう、ホームチームとビジターズに別れて曳く。都会に出て盆に帰郷している者、近隣の地区の力自慢の青年たちも駆けつける。おまけに、わが原っぱは地形的に水平でなく、最初から一方が有利になるように傾いでいる。長年この不公平を当然のこととして曳いて来たのであろう。みんな酒が入っているが、誰一人文句を言わない。最初は粛々曳いているが、途中から勝手に飛び入りがあり、人数の公平性、勝負などはどうでもよく、とにかく参加することに意義があり、御利益があるとなった。終わると綱は大蛇がとぐろを巻いたように積み上げられた。子どもたちは、このとぐろの上に登ることを愉しみにした。

　盆綱曳きは盆の前後に、地区ごとに開催日が重複しないように設営されていた。青年たちは今日はホームチームで曳き、明日はビジターズで曳くという苦しくも、楽しい日々であったと思う。夕方から青年たちが籠もりきりで生活を共にし、盆綱を作るという行為は、民族学でいうところの若衆宿的意味もあったし、なによりも通婚圏を広める役目があったと思われる。男衆《おとこし》の集まるところには当然のように女衆《おなごし》が集まった。春の青年団主催の運動会、秋祭りとともに、若者にとっては、盆綱曳きは、特にこころ躍る時期であったと思う。

　盆が近くなると、夕刻太鼓の響きがあちこちから聞こえてきた。少年の私でさえ、こころ浮き浮きとした。

ふるさとの闇深くして一人盆　　靖彦

鰯

2019年9月

私の子ども時代の一九四五(昭和二〇)~六〇年代頃まで、壱岐では鰯が獲れに獲れた。道に鰯が落ちていても、壱岐の猫は見むきもしないと言われたほどで、鰯は〝猫跨ぎ〟と別称されていた。当時の島民の感覚としては、鯛や鰤こそが一級品の魚で、鰯など食うに値しない下等な青もの魚。〝潰《つぶ》し〟にするほかないと蔑まれていた。

〝潰し〟とは分かりやすく言えば肥料のことである。畑の隅に大きな穴を掘り、ここに鰯を投棄し、太陽の熱で腐らせ、発酵させる。各人の畑の隅にはどこもこの穴があった。同じように隣に大きな穴を掘った。ここには人間の糞尿を溜めおく。いわゆる肥溜である。同じように太陽の熱で、腐らせ発酵させる。勿論、島民が〝田舎香水〟と自虐するように、呼吸もままならないような、猛烈な異臭を放つ。だがしばらくすると、二つの穴の表面に瘡蓋のような蓋が出来、十分な発酵をしたのだろうか臭いも和らぐ。古老の中には、発酵具合を確認するために、この瘡蓋の中に指先を突っ込み、舐める強者もいた。酔っぱらって暗い夜道を歩いていて、この穴へ足を踏み外したなどいう糞尿譚はあまたあるが、割愛する。

要するに、当時の田畑に撒く肥料として、鰯の潰し、人の糞尿は二大肥料であった。続いて牛馬の糞の堆肥、温床で腐らせた藁や落葉、干した海草など、先人から受け継いだ有機肥料の叡智を展開していたと思われる。硫安など化学肥料が出回るのは、この後、私が小学校高学年になってからである。

魚扁に「弱い」と書いて「いわし」と読む。読んで字のごとく、鰯はいたみ易い。その兆候は真っ先に眼に出る。私たちは眼を見て鰯の鮮度を確かめた。子どもたちは、大人たちから「腐った鰯のような眼玉《めんたま》をするな！」とよく言われた。

さて、鰯はほとんど食べない旨前言したが、目刺しにはよくした。帰郷して久しぶりに壱岐産の目刺しを食べるとこれが美味だ。また、鰯を開いて砂糖醤油に漬け胡麻を撒いて干した「桜干し」は、私の好物である。当時、弁当は真ん中に梅干し一つの日の丸が定番だったが、目刺しや桜干しがついておれば極上と言えた。だが、煮つけやその他の料理となると今でも不得手だ。私は生来、御膳に出された物は全部ご馳走。好き嫌い全くなし、甘かろうが辛かろうが、全部完食という人間であるが、鰯だけには、まだ差別意識が残っており、出来れば鰯の、特に煮つけだけは御免被りたいと思っている。

腹黒き腸からけぶる目刺かな　靖彦

稲架《はさ》

２０１９年10月

農家にとって田植えと稲刈りを滞りなく済ますことは至上命題であった。老弱男女、猫の手も借りたいほどの忙しさだった。田植えの時がそうであったように、子どもたちに稲刈りの手伝いをさせるために、小学校、中学校では、一時授業を休む「農繁休暇」があった。米は「八十八」と書く。それほど稲栽培は手間・暇、反復、忍耐が必要と教わった。当時の私たちの米粒への信仰は、今となっては異常なものであった。日頃銀舎利《ぎんしゃり》と尊称し、蹠《あしうら》で踏もうものなら眼がつぶれると言われ、こぼすと一粒残らず回収させられた。飯粒は釜、茶碗、しゃもじに一粒も残すことが許されず、勿論、食べ残すことなどあってはならないことだった。私は今でも駅弁や弁当の裏蓋の一粒まで完食する。

私の子ども時代の一九四五（昭和二〇）～六〇年代頃まで、動力は牛のみで、農作業は完全に手作業であった。この労働の形態は、戦前はおろか江戸時代でも同じであったろうと思われる。我が家の田は片道約五キロのところにあった。そこへの道は何度かの厳しいアップ・ダウンがあった。牛を連れ、リヤカーを曳き、徒歩で通った。稲刈りには五つの工程があった。まず刈るのだが、いよいよ稲刈りを始めようという、その直前よく台風が襲来した。以前も書いたように壱岐は〝台風銀座〟といわれ台風のメッカであった。暴風雨は、実って頭を垂れている稲を、まるで大地に叩き付け、這わせるように吹き倒す。この台風のいたずらで平常の三倍の手間、暇がかかる。作業としては、まず乱暴に吹き荒れ、地を這う稲株をほぐすように丁寧に起し刈り取る。更に刈り取った束を藁でまとめて括る。腰骨が痛くなるので鎌の背で時々叩きながら刈る。

第二の工程は干す。ここで持参の樹木や竹竿を組み稲架を作る。それは校庭の隅にある鉄棒のように出来上がった。私たち子どもはこの空稲架が好きで、鉄棒遊びをした。この鉄棒状の稲架に、刈り取った稲束を馬乗りに二つ分けて乾燥させる。第三工程は収納だ。乾燥した稲を外し、リヤカーに積む。牛とともに曳き何度も自宅との間を往復する。子どもたちはリヤカーの後を押す。当然のように稲を全部運び終えると、再び空稲架が現れる。子どもはこれを待っており、また鉄棒遊びに興ずる。第四工程は脱穀。自宅に持ち帰った稲を天気の良い日に脱穀機及び唐箕《とうみ》に掛ける。最後の工程は、籾殻になった米を天日で乾かし、叺《かます》・俵に詰める。現在は一台で刈り取りと脱穀を兼ねるコンバインがあると聞く。私にとって稲刈りの思い出は、空稲架であり、坂上がりの向こうに見えた青空だ。

空稲架や子ら逆上がり前廻り　靖彦

外套

2019年11月

残された母のメモによると、その日は敗戦から二年目、一九四七（昭和二二）年十一月十六日の夜のことであった。私は五歳、夕食が終わり既に眠りについていた。その眠れる幼子の柔らかき両頬に、毬栗《いがぐり》の毬をごりごり擦りつけた者がいる。痛い、誰だ、こんな悪戯をするのは！　私は飛び起きた。その時最初に瞼に飛び込んできた光は普段と違って、何んだか明るかった。耳に届いた言葉は弾んでおり、大人たちの笑い声がした。

事情がわかってみると、敗戦によってソ連の捕虜となっていた父が、私たち母子の帰還よりも九か月遅れで帰郷したのだった。父は久しぶりに会う自分の息子を抱き寄せ、頬擦りをしたのであったが、何日も髭を剃っていない父の頬は、毬栗の毬のように髭が伸びていたのだった。

先に書いた通り、我が家は江戸末期まで壱岐を治めていた平戸藩松浦家の馬廻り役（警察庁長官）を世襲でつとめていたが、明治の御一新となり長崎に呼び出された。曾祖父は東京で殉死、祖父は三大軍港のうちの一つ長崎海上署長をつとめた。父も警察の道へ進んだが、時代は日本が大陸へ雄飛しようと画策していた頃、大陸への玄関口、中国・大連に赴任させられた。勤めの一つに鉄道公安官みたいなものがあったと聞いた。

敗戦も大連で迎えた。進駐軍のソ連が真っ先に下したことは、日本の警察力の破壊であった。わかりやすく言えば、高官は銃殺、絞首刑にし、父たち若い警察官は捕虜とし、労働力として自国へ送り込んだ。父たちは窓のない貨車に詰め込まれ、何日か走った。貨車が止まり下車を命じられたとき、父たちはその場所を即座に明言できた。ソ連兵たちは驚いていたそうだ。なぜ分かったか。暗い貨車の中で父たちはゴトンと音たてるレールの音を数えていた。そのレール音の総数と一本のレールの長さを掛け合わせると距離が出る。ソ連兵らは加減乗除、数字に弱かったらしい。

父たちは樵を命じられたが、ほとんどサボタージュをしたという。後年シベリヤへ送られた日本人が極寒と食料不足のなかで重労働を課せられ、大量死をした事実を知るが、父たちが送られた先は今となっては不明だが、ソ連側は捕虜を大事にあつかったようだ。父は帰国したときは、ソ連側から支給された真新しい外套及びズボンを着用していた。その後外出のときは、いつも自分の捕虜時代をなつかしむように愛用していた。

父の戦後は大変だった。帰国後五年間は、定収入がなく、それまで、地主のぼんぼんとして育ってきた父が、岳父から農業の手ほどきを受け、家業として立派に定着させた。

俘虜なりし父の外套羽織りみる　靖彦

榾《ほた》

2019年12月

　夏下冬上、という言葉をご存じだろうか。火種を、夏は炭の下に入れ、冬は炭の上に置いて、火を熾すという意味だ。私は小学一年になったときに、母から火を扱う全般について細部まで、徹底的にたたき込まれた。その一環として夏下冬上を教わった。一年生ともなると、三十メートル先の井戸から水を汲んで来たり、湯を沸かしたり、簡単な煮焚きを手伝うようになる。当時の家は、紙と樹木から出来ていたから、火の不始末から火事でも起したら大変だった。

　先に述べた通り、先祖のおかげで、我が家は近隣では寺山（寺が保有する山）に次ぐ山の持ち主であった。そのことが中国・大連から引き揚げて、五年間定収入のない我が家にとって、どれほど助かったかしれない。今でこそ壱岐全戸は燃料としてプロパン・ガスを使っているが、当時は江戸時代、それ以前と同様、全戸の燃料は樹木の薪に頼るほかなかった。

　夕方、子どもたちは、竹で編んだ大きな山籠を背負って山に入る。私たちは「榾取り」に行くと言っていた。徒歩三十メートルで山である。まず焚きつけ用に松葉の落葉を集める。更に進み、台風や大風で吹き落され枯木になった小枝を集める。最後に老いて倒木となり、榾になった塊を見つけ、山籠に入れる。歳時記には榾は「囲炉裏にくべたり焚き火などにしたりする木の切れ端」とあり、生木も含まれているようだが、私たちはもっぱら〝枯木〟を指していた。自宅に持ち帰り、まず干した。枯木の芯が湿っていたり、中に蟻や蚯蚓、虫が棲んでいたりするからだ。完全に乾燥しきったところで燃料にした。

榾は通常愛用していたが、いわば二級の燃料であった。餅搗の、蒸籠の中の米を蒸すとき、お祝いに大量の豆腐を作るときなど、火力が必要な煮炊きのときは、割木を使った。西部劇の映画によく登場するように、父は雑木を三十センチ大に輪切りし、立てて据え置き、上から斧を降り下ろし真二つにした。この割木からは炭が出来た。その炭を炭壺に入れて消して保管し、また熾して火鉢の火とし再利用した。竈は三つあった。焚き手はたいがい子どもたちだった。時には、赤くなった灰の中に、甘藷、その日、山から取って来た栗の実などを入れた。ほくほくの甘藷を家族で食べた。栗は弾けて四散し食べれなかったり、なかなか弾けないので口に入れると口内で弾けて皮がむくれたり、するめを炙ったり……、ものを煮焚することは、原初的に楽しいことだった。いまでもあの煮炊きのときの歓声が私のこころの中で聞こえる。

はじけては紅となる榾火かな　　靖彦

年玉

2020年1月

私は年玉を貰ったことがない。正月は足袋、靴下、手袋などの小物の衣料品、鉛筆、ノート、消しゴムなどの学用品を貰うくらいであった。先にも述べたとおり、我が家は中国から引き揚げて来て五年間、定収入がなかった。また敗戦直後、第一級僻地と認定されていた壱岐は疲弊し尽くし、どの家も子どもに年玉を与える余裕などなかったと思う。ただしその後比較的豊かになっても、ついに私は年玉を貰うことはなかった。

これには、訳があった。我が家には、今で言うプリンシプル（原則）があったようだ。私が小学校高学年ときに母に告げられた。これは母の母（私にとっては祖母）に教わったことらしいが、我が家ではお金は他は節約してでも、子どもの教育だけには第一義的に使うと言うのだ。これはいわば貧しい暮らしの中での一点豪華主義的生き方といえよう。

母は六人兄弟姉妹の第一子として生れた。そして当時創設まもない（旧制）高等女学校に学ばせてもらっている。その頃村の同級生で高女に進学する者は二〜三人くらいだった。母は一町二村を横断し、片道三時間前後を徒歩で通学している。私の代でも同じだったが、当時の風潮として、勉強する子よりも親の仕事を手伝う子がよい子、女子《おなご》には学問は要らないという考えが厳然とあったと思われる。女性は嫁すと、朝早くから夜遅くまで、牛馬のごとく働き、牛馬のごとく健康な子どもを多く産むのががよい嫁とされていた。姑は死ぬまで財布の紐は嫁に渡さないのが普通であった。

貧しい家計のなかで、六人の子どもを一人残らず旧制の高女、中学に学ばせるには、確固たる信念・理想がまずあり、次ぎに経済的な力が必要であったろう。母の末弟、末妹は、戦後東京の大学に学ぶ機会を得るが、祖母たちは先祖伝来の田畑を売って学費に代えていた。一方父方は五人姉妹兄弟であった。こちらも第一子は女性、母方と同じように一人残らず高女、中学に学ばせさせて貰っている。父方、母方の両家が子どもを一人残らず、創設まもない高女、中学に学ばせたというケースは、戦前の壱岐では稀であったろう。

両家の叔母叔父たちは卒業後、ほとんどが教師になった。私の母も教師になった。結婚して中国に渡ったが、敗戦後、郷里に戻り、教師に復職し、苦しい家計を助けた。私もその恩恵を十二分に受けた。私たちの代の従兄弟従姉妹たちは、とりわけ教育だけには金を使うという三代前の遠謀深慮に支えられ、ほぼ全員が大学まで学ぶことが出来た。

催促が顔に出けりお年玉　　靖彦

皸《あかぎれ》

2020年2月

手の甲を表にして両手十本の指を広げると、私の両薬指の付け根には一円丸より小さい丸い傷痕がかすかにある。これは私が小学校に入学する前後、両薬指に出来た霜焼の跡だ。辞書には、強い寒気にあたって局所的に生じる軽い凍傷、赤くはれて痛がゆくなることが多い、とある。この霜焼は、悪化すると、手の甲や指がどんどん膨れてボクサーのグローブのように腫れる。やがて極みを迎えると、一つは表皮が破れてただれる。他方はVの字にひび割れる。Vの割れ目から白身の肉や骨が見える。これが皸である。

当時壱岐の子どもから大人までのほとんどが、大小の違いはあれ、霜焼か皸に罹っていたと言っても過言ではないだろう。これにはまず敗戦直後の食料事情の悪化があったろう。次ぎに、寒かろうが暑かろうが避けることの出来ない農作業があった。特に女たちはグローブのように腫れた両手で惜しみなく農作業、水仕事をこなした。彼女たちは一日の終わりにお湯を沸かし、盥の中にこのグローブのような手を浸けるのを最大の喜びとしていた。湯の中に両手を浸けると少しながら血が通うのだろう、気持ちがよい。しかしただれたり、Vの字に割れたりした肉に湯がしみ、激痛が走る。うーん、うーんと獣のようにうめきながらの湯治であった。翌朝、みんな何事もなかったように仕事についた。

この霜焼、皸に魔法のように効く薬が一つあった。我が家から徒歩で一時間半、隣村の湯ノ本にある温泉に浸けると、あな不思議、たちまち完治するのだ。私の薬指の傷痕もたった一度湯ノ本の湯に浸けて完治したものだ。このお湯は、霜焼、皸に効く、呑むと胃腸によいとされ、島民には有名だった。私が行った時は二〜三月の農閑期だったろう。離れには長逗留の湯治者専用の建物があり、煙突から煙が上がっていた。彼らは食料持参、自炊で泊まり込んでいた。当時の人にとって湯ノ本の湯は最後の救いの砦であったろう。今はグローブのように腫れて痛むわが両手であるが、湯ノ本の湯に浸けさえすれば、神様から貰った元通りの健全な両手に戻る、という信仰のようなものがあったように思われる。

先に位牌を整理していて、四代前の曾祖母たちが壱岐一周をした書付をみつけた。壱岐には神主なしも含めて、約一〇〇〇のお宮があるとされる。いわば壱岐は神の島である。農閑期になると、彼らは湯ノ本の湯治もふくめて、徒歩で壱岐一周をし、神様に無事を報告・感謝する行脚をしていたようだ。

うめきつつお湯に浸けゆく皸よ　　靖彦

春耕

2020年3月

一昨年、二〇一八（平成三〇）年の夏から冬へは、猛暑がだらだらと続き、一気に冬へ突入したような異常気候だった。スコップ一本で五十四平方メートルの家庭菜園をやっていた私は慌てて耕し、整地して秋冬野菜を植えつけたが、残念ながら時遅し、大好きな白菜、キャベツは、結球せず、ブロッコリー、カリフラワーは実のらなかった。おまけに短期間に、急激に根《こん》を詰めたためか、腰痛を抱え込んでしまった。悩んだ末、昨年、春野菜を最後に畑仕事を辞めることにした。

畑仕事は幼い頃から慣れ親しんできたことだった。子ども時代、一家で食べる野菜は家から十歩すぐ前の畑で作っていた。朝、母は味噌汁を作りながら私に「葱を畑から取っておいで」と命じることがあった。終の棲家を所沢に決めた一因には、昔取った杵柄、将来畑仕事をしたいという気持ちがあった。更に言えば、どこかに望郷の念、母恋いの想いがあったかもしれない。

畑仕事をやめて最初に感じたことは、店先の野菜の値段が高いこと、もう他人に野菜を進呈出来ないという二つであった。畑仕事をしている時は、夫婦でたらふく食した上、収穫の半分以上を近所の親しくさせていただいている方々、それぞれ別れて暮らしている子どもたちに届けていた。ところが、これまで何気なく野菜を差し上げて〝善人〟ぶりを演じていた私の役がもうないのに気づいた。子どもたちには、馬鈴薯や玉葱を送っていたが、これからは出来ないと思うと、予想もしない空白感が沸いた。

最後に手土産について想った。私の子ども時代は、他人の家へ用事で行くときは、何か手土産を持参した。終戦直後の最大の価値ある手土産は、布袋に一升前後の米を入れ、その中へ生卵を三〜四個入れたものだった。米の替わりに小豆や大豆などのときもあった。布袋は三〜四袋は常備してあった。そのほか畑から今、収穫したばかりの野菜、穀物、庭に実った果物、魚、到来物、作り置きの日常履く草履などがあった。子どもの私が使いで隣家へ行くときでさえ、手土産を持参した。幸い先方が在宅のときは、そのお返しとは別に、子どもに飴玉や軒に干してある吊し柿などを外して貰うことがあった。

いま私の住む集合住宅で、密かなある争い事が起ったことがある。私は公認の使いとして、両人の主張を聴き、調整することを一任された。両者の言い分を聞くうちに、彼らは今まで挨拶も、ましてや手土産さえ一度も交わしたことがないことが判明した。私は、まず挨拶を交わすこと、時には手土産を持参することを勧めた。

春耕の骨肉きしむうれしさよ　靖彦

入学

2020年4月

敗戦から四年目の一九四九（昭和二四）年四月、村立小学校に入学した。平仮名で自分の名前を書くことが出来ればよい、10まで数えることが出来ればよろしいというお達しであった。入学してみると平仮名、片仮名で52文字全部を書ける者、1000まで数を言える者がいた。私は聖なる学校において何だか最初から騙されたような気がした。

総じて小学校時代は暗かった。時代は敗戦直後であった。壱岐は当時行政的に一級僻地であったし、食料事情、その他が悪かった。また我が家は、中国から引き揚げてきて五年間、無収入であった上に、私は蒲柳《ほりゅう》の質《しつ》だった。クラスの誰よりも早く風邪を引き、ご丁寧にも、みんなが完治するころに、もう一度風邪を引いた。入学したてのころ、水疱瘡がはやった。私は真っ先に罹った。ピンク色の水の入った疱瘡が全身に出来た。男の子の大事な先端にまで出来た。この時も誰よりも私が早く罹り、みんなが完治しようとしている時、私は再び罹った。体育の時間はほとんど「見学」であった。男の子にとって、喧嘩が強い、駆けっこが速い、相撲が強いことは、威厳に関わる。私にはこの威厳がまったくなかったのである。

更に、病弱だから、万事無理をしないことが許され、何ごとも、ほどほどに行こうという考えが生れた。近所の成績のよい子は、私はなぜこんな問題が出来ないと我が身を打擲しながら勉強しているということを聴いたが、私にはその意志・努力が欠けていた。中学になって体力が徐々に回復し、男の子の威厳を少しずつ獲得したが、その後も積極的に打って出る、自己を徹底的に追及することはなく、今日に至っている。

出席簿は小学校、中学校とも生年月日順であった。私は三月二一日生れなので順はビリであった。同学年の四月生れの者とは一年近い差がある。病弱である、喧嘩に弱い一因は、この生誕日差もあったろう。当時、授業をはじめ、何かことあるごとに出席簿順であった。ビリの私に順番が回ってきた時は、態勢はほとんど決まっていた。ビリの私には、いわゆる最初に「当たる」どきどき感が皆無であった。

私の同学年は四八名であった。男女とも二四名、一クラスだった。四月、出席簿順に男女二名ずつ、今でいうスニーカーの無料配給があった。先頭の男女計四名に初めてスニーカーが届いた時の、残りのクラス全員の、感歎の声、垂涎の眼を忘れることが出来ない。私が念願の靴を手にしたのは二年生になった四月だった。誰一人、私の新品のスニーカーに見むきもしなかった。

引き揚げの背嚢からひ入学す　　靖彦

母の日

2020年5月

従兄の話によると、母が父と結婚した時、周囲から「玉の輿に乗った」と言われたそうだ。その頃壱岐には、まだ江戸時代の身分制度の雰囲気が残っていたようだ。幕末まで代々、壱岐を治めていた平戸藩の現地法人の警察庁長官をしていた我が家、長崎水上署長を退役して帰郷していた祖父。祖母の実家も代々勘定方の家……。近隣ではやや目立った存在であったろう。その長男と結婚するのだから、一応「玉の輿」ということになるのだろう。一九四〇（昭和一五）年一〇月一五日、二人は式を挙げ、翌日は夫の任地である中国・大連へ向かった。夫はいわば代々の〝家業〟である警察官であった。

この連載でたびたび書いてきたように、時代は、開戦、敗戦、引き揚げと荒々しく突き進む。一九四七（昭和二二）二月、七年ぶりに壱岐に引き揚げてきた母は現地で長男を亡くし、病弱な三男を背負い、次男の私を連れての命からがらの帰郷であった。夫は捕虜に捕られ、生死不明であった。幸い夫は九か月後帰国したが、帰国五年間は定収入がなかった。山を開墾し畑を作ったり、アンゴラ兎を飼ったり、養鶏をしたり、いろいろの工面工夫をしたが生計はたたなかった。根を詰めた働きで、当時不治の病といわれた結核にもかかった。五年間続いた窮状は、母が独身時代にしていた教員に復職することで、一応落着した。

子どもの私からみると、我が家の屋台骨を実質背負っていたのは、父よりも母のように思えた。事実、父は六〇歳にも満たない若さで亡くなり、その後母は三〇年間、家を護った。父の墓に参るとき「そげん早くにや、そっちに行きは得まっせん」と母は言っていた。母の特長は向日性、いつも笑顔だった。特筆すべきことは、いつも高所他所から客観的に観た公平な意見だった。弟、妹である叔父叔母は、何かあると「姉《ねえ》しゃんの意見ば聞いちみんと」と、大事にされ、周辺の人からも頼りにされた。その才はどこで養われたか不明である。芸事も好きだった。機織り、華道、書道、陶芸など器用であったし、努力するのが好きだった。書籍も本屋から取り寄せ読んでいた。外国旅行も七度楽しんだ。どれも息子の私は遠く及ばなかった。

母にとって最大の心残りは、私にあった。自分の代がそうであったように、先祖から預かった全財産を私に譲渡し、家を護って呉れることを願った。私もその使命を理解し一度は帰郷し就職したが、結局、Wターンしてしまった。母にとって大誤算だったろう。享年八四。母の人生は、果たして玉の輿であったか。

母の日の母の歳時記手繰りけり　　靖彦

蛇

2020年6月

一九五四（昭和二九）年、私が小学校高学年の頃、草木も眠る丑三つ時――当然ながら人間である我々は眠りこけていた。その我々の枕元に「ドサリ！」と何か重みのある、不吉な音がした。すぐさま飛び起きて明かりを点けてみると、なんと二メートルはあろうかという大蛇が鎌首を持ち上げて横たわっていた。とっさに父は、庭に面した障子戸を開けた。大蛇は父の友情ある機転に感謝するように、それでも身構えながらゆっくりと闇の中へ消えて行った。

その夜、蛇は鴨居（襖、障子などを立て込むため開口部の上部に渡した溝を付けた横木）の上を這っていたはずであるが、やがて行き止まりになり、私たちの枕元に落下したのだった。その頃、家に棲む蛇は「家蛇」と言い、鼠をとってくれるというので尊重されていた。また仏教の「殺生することなかれ」という教えも生きており、むやみに蛇を殺すことはなかった。蛇も人間の偉大さを知り、人間が近づけばいつも逃げた。彼らに噛まれても毒がほとんどないといわれていた。私たちも蛇に対して親和性をもって接していた。大袈裟にいえば共存共栄の関係であったろう。

例外が一つあった。それは現地でマムシと呼ばれる蛇であった。体長四〇センチ前後、俗にいう尻尾がない。通常、尾へゆくに従い蛇は細くなるが、末尾がぷつんと切れて寸胴。道に横たわっていると、枯れ木と見間違う。そのうえ、人間が近づいても逃げない。従って人間はよく噛まれる。しかも猛毒を持つ。噛まれて放置していると落命する。今でもマムシに噛まれるとワクチン注射を打ってもらいに病院へ急ぐ。

一家が中国・大連から引き揚げてきた直後、栄養受給のため、一度マムシを殺したことがあった。生の青い松葉を大量に集め、燻す。半日燻すと、鰹節のようになる。削って味わってみると、匂いが強く、膏濃《あぶら》い。私は食べるのを諦めた。

私は関東の郊外に住んで五十年がたつ。不思議なことだが、関東では蛇におめにかかったことがない。定年直前から十五年間、畑を耕したが蛇は一匹も見なかった。これが九州、壱岐の島ともなると蛇だらけ、そこらを歩けば、蛇の歓迎を受ける。

さて、私はもう一度蛇が枕元に落ちてくる体験をした。既に社会人になっていた。奥尾瀬の山々を登った夜、福島県会津地方の南西部、某村の民宿に泊まった。真夜中、同じように鴨居を這う大蛇がわが枕元に落下したのである。私は父が行ったように、慌てず蛇に退路を設け、難を遁れたのだった。

おごそかに神の化身の蛇御座る　　靖彦

水着

2020年7月

島の少年にとって泳ぎは必須科目である。五歳から小学校に入学する頃になると、父親に教わる。教わるという表現は厳密に言うと語弊がある。父親は舟で沖へわが子を連れ出し、有無を言わさず、海へ投げ込む。これを二～三度繰り返すと、子どもたちは自然に泳ぐことが出来るようになる。私も舟こそ乗らなかったが、父に沖へ抱いて行かれ、海に放り出された。

壱岐の島のほとんどの父親たちは、獅子の父親がわが子を千尋の谷に突き落すように、荒用法を行った。少年たちもやがて大人になって、代々のやり方がベストと思うようになり、繰り返してきたのだと思う。少なくともわが親の代までは、父親の大半はそうだった。一ところで、私たち少年は小学三年ころまで、泳ぐ時は、即ちすっぽんぽんであった。一つは、すっぽんぽんの方が子どもはかわいいというおおらかな性があったと思う。二つ目は、敗戦直後で国家的、家庭的にも貧しく、娯楽の一環である水着を購入する域まで及ばなかったというのが、本音だったろう。

成人男子の水着は真っ白の褌だった。中には、前褌《みつ》に五メートルくらいの布を手繰っている褌もあった。これは鮫対策の褌である。海中に鮫の姿を見つけると、この前褌を垂らす。鮫は自分の口を開けた時に、それよりも直径が長いものは食わないという言い伝えがあった。事実、私は子ども時代、島で鮫の事故を見聞したことがない。

一九五一（昭和二六）年、私の小学三年生くらいから、子どもたちは、夏になると、一日中、俗称〝猿股一丁〟の生活に入った。毎日、周囲の海で泳いだが、近くにある池、沼、堤でも泳いだ。壱岐には長崎県第二の広さをもつ深江田原があるが、島には高い山がなく大きな川もない。幸いというか、〝台風銀座〟とよばれる島に、たびたび台風が襲来する。この集中豪雨を稲作のために堰き止めたのが、池、沼、堤である。

夏休みが終わってみると、毎年、子どもの水難死が出た。一九五六（昭和三一）年、私が高校に入るころ、島の小・中学校にプールが出来始めた。それに呼応するように、かつて私たちが泳いでいだ海辺や池、沼、堤は遊泳禁止になった。私にとって海は、魚とともに泳ぐところ、栄螺、鮑、海胆、海草を採るところである。私はそれ以来、泳ぐことに急激に興味を失った。関東に来て五十年来、一年に一度も泳げばよい方である。私は紺色のノーマルな水着を二十年以上愛用している。少年時代、毎夏、真黒だった背中は今はさめたままだ。

新記録たてしかの日のわが水着　　靖彦

新豆腐

2020年8月

私は、豆腐、厚揚げが好きだ。冷蔵庫に欠かしたことがない。といっても、いま全国的にほぼ均一の質で入手できる豆腐をベストと思っているのではない。私の子ども時代、味噌、醤油、豆腐は手作りであった。味噌、醤油は小学三年くらいから市販され始めたが、豆腐は中学を卒業するころまで手作りであった。即ち、豆腐の置かれている状況がいまとは違う。いま豆腐は、極く日常的な食物であるが、当時は、冠婚葬祭、何かといっては祝いで集まる親戚付き合いの膳でしか食べられなかった。豆腐は非日常の、祝祭的なものであり、御馳走であった。我が家では豆腐を作るとなると一度に百丁前後作った。

壱岐の豆腐は、固いのが特徴だ。親や先輩から「お前みたいな者は、豆腐の角に頭をぶつけて死んでしまえ」とよく言われた。初めてこの台詞を聞いたときは、果たして豆腐の角に頭をぶつけて死ねるものかと真剣に考えた。実際幼児が箸をもった片手で、二分することが出来ないくらい固い。

小学生高学年のころ、福岡県小倉市の母方の祖母の妹の家に遊びに行った。この世には瓜二つの人がいるものだというくらい、祖母似であった。その人は母が子ども時代、いかにかわいかったか、賢かったか、姉妹兄弟が仲良かったかということを話してくれた。思わぬところで母の幼い頃を知ることが出来、心地よかったが、夕飯に出た豆腐に興冷めた。水に何か淡い塊が浮いていた。歯応えがまるでない。これで豆腐？　おまけに水道の水が臭く鼻をつく。その時都会生活はまっぴらだと思った。小倉行きの収穫は、壱岐の豆腐は固い、壱岐の水はおいしいということを知ったことだった。

なぜ壱岐の豆腐は固いのか。まず素材である。壱岐の土壌で育った真珠のような大豆を使う。次に石臼でひく。そこへ熱湯を加え布袋に入れて絞ると、芳香を放つ豆乳となる。苦汁は玄界灘の海水を使う。この時の豆乳の温度が大事だ。更に付け加えると、四壁、底が木製の、それぞれにいくつかの孔があいた豆腐箱があるが、最終的に、この箱の中に布を敷き、熱のある豆乳に苦汁を入れ、凝固させる。最後に残った布で豆乳の表面に蓋をして、その上に板の蓋を乗せ、更に重りを乗せて水分を絞る。徹底的に手作りだ。

壱岐の豆腐作りは、ここからが違う。一次的に水分を取ったほとんど豆腐状態の上に、更に二次、三次的に、苦汁入りの豆乳を加え、重りで水分を取る。こうすることで密で、濃厚で、固い新豆腐が出来上がる。

私はいまでは口にすることが出来なくなった、壱岐手製の固い豆腐を想い、やや味気ない現代の豆腐を食している。

おもむろに浮き上がりたる新豆腐　　靖彦

煙草干す

2020年9月

敗戦から三年目、中国から引き揚げて来て二年目、私はまだ小学校に入学前であった。ある時、父と手をつないで歩いていると、父は突然私の手を振りほどきダッシュし始めた。何事かと見ていると、父と同じように、向こうから一人の男がダッシュして来るのが見えた。二人の男が行き着いた足元には、一センチ大の煙草の吸い残し、シケモクが転がっていた。戦争中、煙草好きであった男たちは煙草の確保で苦労したようだ。戦争が終わって、さあ、たらふく煙草を吸うぞと思っても現実はまだ十分な供給はととのっていなかった。男たちは窮して、見栄も外聞もなく、シケモクを拾い集め、英語辞書コンサイスの紙にほぐして貯め、唾液で糊付けし、見事一本の煙草とし、吸い直した。

戦後、全国的に葉煙草栽培が盛んになった。壱岐でも、米作りに加え、広がった。だが、我が家は、葉煙草栽培に参加しなかった。一つ目は、引き揚げて五年間、定収入がなかったこと、二つ目は父が戦後になって百姓を始めたこと、三つ目は、初めての葉煙草栽培はやや賭博的不安があった。まず先行投資として、自宅敷地内に乾燥場を建てる必要があった。葉煙草は、六月に収穫し、陰干しに、やがて八～九月に乾燥させる。このときに乾燥場が必要となる。乾燥は一定の温度で行うので、常に温度計を見ながらの炊き付け作業だった。乾燥が順調にいくと、秋の査定会で一等の煙草となるが、斑《むら》があると二等以下に格下げされ、収入に直結した。

さて乾燥の期間に入ると、二十四時間体制になる。どの家でも昼間は祖父母、父母の大人が担当し、夜間は青年、子どもたちが受け持った。私は葉煙草を乾燥している家の同級生と話をしていて、いつもうらやましく思うことがあった。彼らは将棋、碁、花札、トランプ、サイコロ遊びが出来た。青年たちは、夜の時間つぶしに、手慰みの遊びをやっていたのであろう。昼間、学校の休み時間に同級生たちが将棋を差している場にいたことがある。彼らは乾燥場で覚えたであろう臨場感あらわな、一丁前の言葉や符牒を発した。

更に、同級生たちは村の情報通でもあった。「あの家の兄ちゃんとむこうの家の姉ちゃんはデキている。今度結婚するぞ」などと予言する。何か月後、確かに彼が予告したようになった。ほかに、大人にならなければわからない艶っぽい噺なども小出しに話してくれた。私には、彼らがどんなに大人に見えたことか。

葉脈のぬっと浮き出し煙草干す　　靖彦

砧《きぬた》

2020年10月

歳時記で「砧」を調べてみると「麻・藤・葛などで織った堅い布を柔らかくし艶を出すため、木や石の板にのせて槌などで打つこと」とある『俳句歳時記　第五版　秋』（角川書店　二〇一八年八月刊）。他の歳時記も大同小異、布についての表記に終始している。そんな歳時記の中で、私の調べたところ、『新歳時記　虚子編』（三省堂　二〇一〇年三月刊）だけに、「藁砧といふのは藁を打つ砧をいふのである」と記述がある。私がこれから書こうとしているのは、この「藁砧」についてである。

私の実家の庭の片隅に、今でもロダンの「考える人」の青年が座っているような一塊の石がある。その石について、当時名付けて呼んでいたはずだが、今は思い出せない。砧とだけは言わなかったと記憶する。この石は少なくとも祖父の代、それ以上の代からそこに座っているように思われる。

夕方になると、父はその石の上に、何度も藁束を置き、左手で三百六十度回転させながら、右手の木槌で藁を打った。夜なべをするためだ。夜なべはまずは縄を綯《な》うことから始まる。藁は基本的に注連縄のようにぴんと張っている。これでは綯えない。そこで事前に藁を砧の上で木槌で打ち、柔らかに撓《しな》うようにしておく。

私が小学四年になるまで履いていた草履、収穫物を収納する俵や叺《かます》などを作るには、どれも縄を基本にし、藁で巻きつけたり、編んだりしたものだ。その当時、既に機械の縄編み機はあったが、肝心の製品を作るときは、大人の手綯いの縄を使った。子どもの私が綯った縄など採用されなかった。私は、小学校高学年になると、草履を作った。草履は一か月で踏み潰した。我が家は五人家族であったので、最低五足の草履が必要であった。

我が家では藁を打つ以外にも砧を使った。それは〝するめ砧〟とでも呼ぼうか。壱岐、対島周辺の海域は、烏賊の宝庫だ。夏の夕方、夜ともなると、烏賊獲り舟の漁火で海面が埋まる。壱岐、対馬周辺では、二種類の烏賊が獲れる。一つは現地でツシマメ（スルメイカ）と呼ぶ三十センチ前後の大衆的な烏賊だ。もう一つは、ミズイカ（アオリイカ）と呼ばれる六十センチ前後の、それはほれぼれする烏賊で、贈答用や正月に使われる。

私たちがもっぱら食するのはツシマメの方である。七輪や火鉢で炙ったスルメをあちちと砧まで運び、金づちで軽く叩く。するとスルメの肉がほぐされて、裂き易くなる。醤油やマヨネーズをかけると、沁みやすく、おかずになるのである。

帰還せぬ吾子を信じ砧打つ　　靖彦

立冬

2020年11月

山野に赤い実、青い実が姿を消すころ、その時期を見計らって、少年の私は、我が家の山の三か所に、地罠を仕掛けた。子どもながらに、やっと冬が来たという喜びがあった。今ならば動物愛護の精神が欠如とご指摘を受けるだろうが、なにしろ国も人間も貧困のどん底にあえいでいたころの話。お許しいただきたい。

地罠は、鵯《ひよどり》を始め小鳥を捕獲する目的で仕掛ける。私は父から教わったが、これが実に巧妙に出来ている。まず仕掛ける場所が大事だ。山中で樹木が枯れたり、台風で倒木して、空が丸見えの場所が必要だ。二番目に、この空が見える空白の場所に直径二センチから三センチ大の樹木が育っていなければならない。私はこの樹木を二メートルくらいの高さで伐り、お辞儀をするように九十度近くに曲げる。樹木が元に戻って、天を衝こうとする慣性を利用し、仕掛けのバネとする。

このお辞儀した樹木の真下に罠を仕掛ける。まず長さ四十センチ大の樹木の枝Aを切り出し、両端を樹木のペグ（杭）で固定する。更に十五センチ大の樹木の枝の両端を紐でくくりブランコ状のものBを作る。この紐を、ペグで固定した枝Aの下にくぐらせ、お辞儀させた枝に掛け、ブランコBを二十センチくらい引き上げる。

この二十センチの空白を確保するため、お辞儀した枝の先端から更に糸を垂らす。この糸の先端には、長さ十五センチ大の小枝の片方Cがくくられており、この枝でブランコの枝を引っ掛け二十センチの空間を確保する。このままでは、樹木のバネでブランコBはくるりと回転するので、ブランコBを固定するために、小枝Dをブランコ幅に渡して止める。即ち、餌を求めて小鳥が小枝Dを首や胸で触れて落とすと、ブランコBが落ちて、瞬時に小鳥の首はABに挟まる。

三つ目は、餌が大事だ。地罠の半円は枝で囲み、熟柿、みかん、米など、遠目からも目立つ餌を入れる。こうすることによって、鳥たちは地罠のブランコBに首を突っ込む以外餌をついばむことが出来ない。が、突っ込めば首が締まる。柿など赤い実は、渋柿のときから取り貯めをして熟柿にした。

先の回でたびたび述べたが、当時の子どもは朝夕、親の仕事の手伝いで忙しかったが、冬になると登校前、帰宅後、罠を仕掛けた三か所を駆け足で回り、今でいうメンテナンスをすることが加わった。地罠掛けのほか、目白飼い、目白籠作り、大きな水槽で鮒、亀飼いなどは、当時の島の少年の避けては通れない遊びであった。

少年は地罠掛けたか冬に入る　靖彦

古日記

2020年12月

両親は日記をつけていた。親の日記といえど、何か憚る気持ちがあって、いずれも死後一部だけ、斜め読みをした。父の日記は主に農事に関することが記されていた。父は敗戦後引き揚げてきて、岳父に一から指導を受けて、百姓を始めた。教わった知識や技術、失敗も含めて、その成果を必死に記していたのだと思う。なにしろ百姓の仕事は一年単位。失敗したからとて再挑戦の機会は一年後にしか巡ってこない。失敗の原因、季節のころ合い、来季へのヒントなど、書き出したら切りがなかったろう。家族を養うための苦闘の姿がそこにあった。

母は夫の死後三十年、六十にも満たない早世の父の跡を継ぎ家を護った。母の望みは、先祖代々引き継いできたすべてを、一人息子の私に直接引き継いでもらうことだったが、それが結果的に叶わず、苦悶の晩年であったと思う。ただ母の性格は明るく、学ぶこと、教えることが好きで、活躍の場を自分で広げていった。本屋に在庫していない本は取り寄せて読んでいたし、活花、陶芸、書にも打ち込み、指導する立場にもいたようだ。

母は三年連記の日記帳を使っていた。通称〝ピンピンコロリ〟で八四歳で身罷る前日まで、女性らしく、細かく事実を記していた。時々、連絡をしない息子として、私が登場した。私は三か月に一度は連絡を入れていたつもりであったが、日記には、あまり連絡をしない息子として、登場した。反省しきりである。

私は高校入学と同時に日記をつけ始めた。両親が日記をつけているということは知らなかった。どこかに充実した高校生活を送りたいという、初心な気持ちがあったろうか。

上京後は読書にこころがけた。読書会の帰り、親友から全集に収録されている書簡・日記を読むように勧められた。なるほど、その作者の書簡・日記を読むと、その作家の師匠、友人、ライバル、時代背景などが即座にわかり、親しみを持つことが出来た。そこで、私は気に入った作家は、全集を購入して読むこととした。書簡・日記は必ず眼を通した。

学生時代、毎月、母から仕送りをしてもらった。お金を受け取るごとに、お礼と近況報告の手紙を書いた。これに原則毎日日記をつけるという習慣が、私に気軽に文章を書くという癖をつけてくれたのだと今思う。

わが国において日記が盛んなのは、わが国が農耕文化だからだという説がある。また季節・天候を重視しているという意味から、日本人の日記は歳時記的、俳諧的でもあるとも指摘される。十五年前、私の俳句への目覚めはまさに此処にあったのだと思われる。

だんだんに遺言めきて日記果つ　　靖彦

あとがき

このささやかな俳文集は、俳句結社古志の主宰者大谷弘至先生の発案で生まれました。二〇一六（平成二八）年秋、小田原吟行句会のときのことです。私は待合室で、鳥黐《とりもち》の作り方について、句友と雑談をしておりました。そのとき、隣におられた主宰が「それでいこう！」とおっしゃいました。私には意味不明でした。二〜三日後、編集長を介して連載記事の執筆依頼をいただきました。そのとき、まさか四年間、四八回も続くとは想いもしませんでした。

この一文は、敗戦から二年目、四歳の少年である私が、両親のふるさとである壱岐の島に引き上げて来て、高校を卒業するまでの十四年間、見て、聞いて、体験した暮らしの様を記したものです。更にいえば、日本の辺境、玄界灘の一孤島、壱岐の島の、敗戦から経済成長期の前夜までを、少年の眼でみた点描といえるかもしれません。

世界は、グローバル化、超都市化、高度情報化への道をひた走りに走っています。その結果、その変化に対応できず、いろいろな面で、いわゆる分断化の波が押し寄せています。俳句の世界は、詠み手と読み手が共通の場に立つことを前提にして成り立っていますが、今やこの共通の場さえ維持することさえ危うくなりつつあります。この一文が、貧しいながら人と人の間にまだぬくもりのあった時代の一側面を描くことが出来ているならば幸いです。

句作におきましては、長谷川櫂前主宰、大谷弘至主宰のご指導をいただきました。こころよりお礼申し上げます。

出版の労をお執りいただいた七月堂の鹿嶋貴彦様、知念明子様に厚くお礼申し上げます。

『古志』誌上の連載におきましては、辻奈央子様、上俊一様、関根千方様、その他古志の多くの仲間に、お世話になりました。お礼申し上げます。

執筆においては、いつも壱岐の人々、園田家の人々、園田家につながる人々、家族をイメージしました。これらの人々なくして連載は出来ませんでした。

祖父母、両親、妹、妻に感謝いたします。

新型コロナ・ウイルスの猛威沈静化を願いつつ

二〇二一年晩春

園田　靖彦

収録の全文は、俳句結社古志社の月刊機関誌『古志』及び『古志』ホームページに掲載されました。本書に収録するにあたり一部加筆いたしました。

二〇一七年一月号〜二〇一九年一二月号　三年間、機関誌『古志』
二〇二〇年一月号〜二〇一九年一二月号　一年間、『古志』ホームページ

園田靖彦（そのだ　やすひこ）

一九四三年三月二一日、中国、旧南満洲鉄道（株）付属大連病院で生まれる。

敗戦により一九四七年二月二五日、両親の郷里、壱岐の島（現長崎県壱岐市）に引き揚げる。

二〇〇五年一二月『古志』入会。『古志』同人。

現住所　〒三五九－〇〇四二　埼玉県所沢市並木七－一－七－二〇二
メール　tw35900042@yahoo.co.jp

島に生きる　季語と暮らす

二〇二一年四月二〇日　発行

著　者　園田《そのだ》　靖彦《やすひこ》
発行者　知念　明子
発行所　七　月　堂
〒一五六―〇〇四三　東京都世田谷区松原二―二六―六
電話　〇三―三三二五―五七一七
FAX　〇三―三三二五―五七三一

印　刷　タイヨー美術印刷
製　本　あいずみ製本

Printed in Japan
ISBN 978-4-87944-445-5　C0092